U0730540

桐城派经典古文选读

（青少年版）

方宁胜　汪茂荣
汪文涛　程徐李
编著

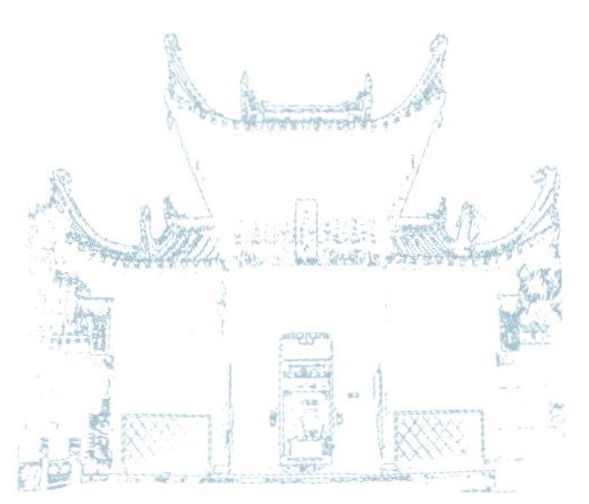

復旦大學出版社

鸣 谢

（排序不分先后）

安徽中建联成建设工程有限公司

上海倍乘教育科技有限公司

深圳市安徽桐城商会

安徽昊瑞路桥工程有限公司

安徽微威胶件集团有限公司

桐城中学上海校友会

安徽米兰士装饰材料有限公司

桐城市韵达塑料有限公司

安徽大关水碗餐饮管理有限公司

安徽方可质造供应链管理有限公司

前　言

2024年10月17日，中共中央总书记、国家主席、中央军委主席习近平来到安徽省安庆桐城市考察。他强调，要加强历史文化保护，坚持创造性转化、创新性发展，在发展社会主义先进文化、弘扬革命文化、传承中华优秀传统文化上协同发力，打牢社会治理的文化根基。

为贯彻落实习近平总书记关于文化传承发展的重要讲话精神，中共桐城市委宣传部、安徽省桐城派研究会、桐城市教育局决定组织编纂一本适合中小学生课外阅读的桐城派古文选本，把中华优秀传统文化融入教育教学，传承历史文脉，增强文化自信。经过多方共同努力，这本《桐城派经典古文选读（青少年版）》终于和大家见面了。

本书选取文质兼美、可读性强的桐城派名家名作38篇，以原文呈现、解题导读、今注今译等形式，向读者展现桐城派的文学与思想风貌，增强他们的古文阅读兴趣与欣赏能力，提高语文素养和思想道德水平。

本书由三个单元构成。第一单元主要面向小学高年级，所选文章以家书家训为主，侧重家庭教育、品德修养、学习追求，力求浅显易懂，启人心智。第二单元主要面向初中年级，选文内容以游记、人物传记等为主，注重可读性、思想性、艺术性，旨在展示桐城派古文之美。第三单元主要面向高中阶段，选文以书序、赠序为主，重在反映桐城派文学立场和流变轨迹，彰显桐城文脉律动和文派发展的内在规律。

本书虽是一个选本，但在编选过程中，注重结构的整体性和内容的统一性，各单元、各篇目之间以作者、题材、风格、情感等因素有机关联，交相呼应，启发读者在阅读过程中前后观照、学习研讨。本书编选出版工作得到了市委、市政府和有关方面的大力支持，得到了众多爱心人士的热情资助。方宁胜、汪茂荣、汪文涛、程徐李四位同志注重汲取和借鉴今人有关研究成果，精心编选撰稿；安徽大学江小角教授、胡中生研究员认真审读全书，并提出了宝贵意见；复旦大学出版社有关领导和编辑为本书出版付出了辛勤劳动，在此一并表示衷心感谢。

以今注今译形式推出《桐城派经典古文选读（青少年版）》，是一项全新的富有挑战性的工作。且不说古今文章文法不同，翻译过程中常常只可译出每个词义而译不出意境，无法传达桐城派古文的清真雅洁之美，就是对一些文章字句、段落确切弄懂、精准注译，都需要深入考析、三思而定。尽管编著者为此付出了艰苦劳动，但由于各方面条件限制，其间疏漏、讹误、不当之处在所难免，敬请读者批评指正，以便今后修改完善。

中共桐城市委宣传部

安徽省桐城派研究会

桐城市教育局

2024年12月

目　录

初中单元

高中单元

桐城派简介

桐城派是清代文坛最大的散文流派，它发端于清朝初年，衰微于民国时期，绵延二百余年，集聚作家一千二百余人，传世作品达二千余种。因为该派主要创始人和代表作家方苞、刘大櫆、姚鼐都是桐城人，所以世人把他们及其追随者统称作桐城派，而尊方、刘、姚为桐城派三祖。

桐城派肇始于方苞，拓展于刘大櫆，奠定于姚鼐。他们的学术思想和文艺观点一脉相承，同出一源。而比方苞年长十五岁、相互交往密切的同乡戴名世，也以能文著称。谈桐城派，本该戴、方并称，但戴名世因为《南山集》案被朝廷杀害，后人为了避讳，很少述及，直到晚清时期，戴名世才重新回到人们的视野。

方苞论文力主“义法”，主张义求有物，法求有序；义即文章的思想内容，法即文章的表现形式，形式要为内容服务，力求两者统一。他期望作文的内容不违背宋代理学家程颐、朱熹的理，作文的形式不逾越唐宋古文家韩愈、欧阳修的度，合文统、道统于一体，取两者之长于一身。显然，他所说的“义”是以程朱理学为中心内容的封建正统思想；“法”是指古文修辞、结构、章法等方面的法程。基于“古文义法”的理论原则，为了矫治明末以来流行的虚矫浮夸、故作艰深的文风，方苞又将“雅洁”作为品评文章优劣的标准，力求刊落芜词，删繁就简，创造出一种清真雅正、谨严朴质的纯粹散文。方苞本人散文创作的特色，正在于此。他的作品以经学专论、人物素描和颂序杂记之类的文章居多。其中有些文章，如《狱中杂记》《左忠毅公逸事》等，情感真挚饱满，语言清新雅洁，意味深长，艺术价值尤高。

方苞在理论和创作实践上所奉行的义法说，是桐城派文论的基石，为其追随者开辟了道路。其门下弟子众多，以刘大櫆最为著名。他上承方苞，下启姚鼐，被视为桐城派的中坚人物。

刘大櫆对义法理论的贡献主要在“法”方面。论文重视神气、音节，强调“文章另有个能事在”，并在“能事”上加以发挥，把方苞“义法说”进一步具体化了。他主张先立神气以为文法的最高妙处，然后求神气于音节，再求音节于字句，这就给人们指出了作文之法和学文之径。同时，刘大櫆还提示，进窥古文义法的奥妙在于从熟读涵咏中来，以此掌握神气、音节的运用，写出雅洁而富有气韵的古文。其《论文偶记》作为第一部桐城派文论专著，具有很高的学术价值。

桐城派的堂庑，经刘大櫆而渐大，到姚鼐而益昌。清乾隆四十二年（1777），姚鼐撰写《刘海峰先生八十寿序》，借用《四库全书》编修程晋芳、周永年的话，称赞：“昔有方侍郎，今有刘先生，天下文章，其出于桐城乎！”桐城派之名由此呼之欲出，同时也奠定了姚鼐作为文派集大成者的崇高地位。

姚鼐对“义法说”的贡献，是提出了义理、考证、文章三者并重的主张和“道与艺合，天与人一”的概念，创立了“阴阳刚柔”的文章风格说。他论古文兼及于诗，编纂的《古文辞类纂》选文范围深广，文体分类比较科学，并以独到眼光辨析了它们的源流，是世所公认的经典古文选本。

姚鼐一生大部分时间均从事于教学、创作和学术研究，诗文并治，兼取他长，著述很多。不少作品达到了晶莹澄彻、明润无疵的境界，于唐宋八大家后，自树一帜。其《登泰山记》等都是足以反映其散文成就的代表作。姚鼐弟子众多，其中上元梅曾亮、管同，桐城方东树、刘开，并称为姚门四杰，再加上他的侄孙姚莹等人，都取得了较高成就，桐城派声势日益壮大。

鸦片战争以后，随着内忧外患的不断加深和社会矛盾的日益加剧，处在转型期的桐城派呈现衰落景象。晚清重臣、湖南湘乡人曾国藩组建湘军，镇压了太平天国农民起义，挽救了清朝濒临灭亡的命运，号称“同治中兴”。他服膺桐城派，尊崇姚鼐，于“义理、考证、文章”之外，提出“经济”之说，重视文章经世致用的实际功用。他凭借自己的政治地位招揽人才，延处幕府，并在一起切磋文事，一时能文之士趋之若鹜，参加者达八十三人之多。桐城派的声势由此得以复振，曾国藩亦成了姚鼐之后的唯一宗师。武昌张裕钊、桐城吴汝纶、遵义黎庶昌、无锡薛福成，被称为“曾门四弟子”。张、吴精于创作，潜心教育，有学者风范；薛、黎长于经济，出使外国，有治理才能。由于他们的勉力维持，桐城派在曾国藩去世后，依然不曾衰歇。

清末到民国初年，桐城派经过长时间的发展和演变，声势与影响力已大不如前，但在文坛仍然保有一定实力。福建人林纾、严复都是吴汝纶的弟子，他们用桐城派古文翻译西洋小说和政论著作，风行一时。而桐城人姚永朴、姚永概、马其昶等利用在北京大学、安徽高等学堂等任教的机会，一直坚守桐城派古文阵地，享有较高知名度。新文化运动兴起，桐城派成为它的首要敌人，其文坛主流地位被颠覆，在历史的大潮中渐行渐远。

振叶寻根，观澜索源。桐城之所以成为泱泱文派的发祥地，除了域内自然风光秀美、历史积淀深厚、前辈作家引领、家风家教熏陶以及清朝文化政策的影响等因素外，还在于以方苞、刘大櫆、姚鼐为代表的桐城派作家具有“有所法而后能，有所变而后大”的守正创新精神。岁月流逝，时至今日，桐城派的影响依然存在，现当代许多作家仍能从桐城派那里得到丰厚的创作营养，而一般读者研读揣摩桐城派的文章，也能学到桐城派写作的精髓，写出一手漂亮的文章。桐城派故里的中小学生，通过阅读桐城派作家佳作，不仅可以从中体会写作技法和获得审美愉悦，而且还能够增强对祖国和家乡、对中华优秀传统文化的热爱之情。

（方宁胜　撰）

小学高年级单元

这个单元学习桐城派的家庭教育思想和为学之道。

父母是人生的第一任老师，良好的家庭教育是子女顺利成长的阶梯。桐城派极为重视家庭教育，留下了许多名言佳话。这里所选十篇文章，多为节选，其中家训、家书八篇，内容涉及志向宜立、读书宜勤、衣食宜俭、居家宜让等方面，语言平实，说理通透，情感真挚，爱子之切、教子之严跃然纸上。所选方东树诗论专著《昭昧詹言》一则，从“修辞立诚”的写作要求，谈到为人须诚恳谦虚、求学须勤奋用功，体现了桐城派的修身治学之道。节选的刘开《问说》部分，着重论述求学中“问”的重要性，观点鲜明，议论风生，说服力强。它与唐代文学家韩愈的《师说》，都是教人虚心从师、勤学好问的劝学名篇，参照阅读，更有收获。

（方宁胜　撰）

训 子 篇

姚文然

张子龄若言归矣[①]。念诸子幼而离贤师，又予自公无暇，过庭之训阙然[②]，恐遂堕废，至于不克成立[③]。间有一二诲言，又恐其言逝而忘也，率尔书帙以资观惕[④]。言之无文无序，固所不计尔。

予小厅前土薄，艰于树木[⑤]。阶右植一槐，前数年枝叶仅具，落落而已[⑥]。至去年忽畅茂条达[⑦]，青绿勃然可喜。予每过，辄倚栏睇视[⑧]，流连而去。因思人家植一树木，尚且望其蕃盛，况父兄之望其子弟乎！种树未必其成阴，而望其生长；养子未必其荣显，而望其成立。

嗟乎！望子之诚，至于当食忘餐，临寝失寐。训以义方，励以愤勉；旁引曲譬，援古道今。唇喉如焚，气竭暂止；瞑目定坐，复理前言。又若嬉佚燕堕[⑨]，夏楚必加[⑩]。呼声疾则恐其伤子也，呼声徐则又恐其不足以惩而易犯也。轻不满志，重亦伤心，子痛在体，父痛在心。嗟乎！为人子者，能以父母望子之心为心，敢不勉乎！

心正则志立，志立则气奋：愚可使明，弱可使强；冬可不炉，夏可不扇；山可凿而平，海可汲而竭；天地可通，鬼神可格⑪。故为学者贵乎立志。为子者能以父母望子之心为心，则志立矣。

【作者小传】

姚文然（1620—1678），字若侯，一作弱侯，号龙怀，桐城人。明末清初政治家、文学家。明崇祯十六年（1643）进士。入清，历任礼科给事中、副都御史、刑部侍郎，康熙十五年（1676）升为刑部尚书。卒谥“端恪”。为人正直，为官清廉，精通刑律，亦负文名。著有《虚直轩文集》《虚直轩诗集》《姚端恪公奏疏》等。

【题解】

这篇文章选自《姚端恪公文集》卷十六。

姚文然十分重视家庭教育，注重子女的道德养成。他的五个儿子士塈、士堂、士坚、士基、士塾，在他的正确引导和塾师张度的精心培育下，个个发奋读书，人人努力上进，成年后或入仕为官，勤于政事；或研经铸史，有所成就。

本文是姚文然在其家庭教师张度暂别之际，写给孩子们的训言，以庭前槐树作比喻，勉励孩子们体察父母望子成才的心情，从小养成正直人品，树立远大志向，奋发自立，不辜负父母的殷切希望。文章篇幅虽短，但情感真挚，说理明白，值得认真品味。

【注释】

①张子龄若：指明末清初桐城人张度（1614—1681），初名孟度，字龄若，一字仲友，号狮崖。工诗善画，学识渊博，著有《蟋蟀窝诗集》十卷。姚文然慕名聘他为塾师，教其子女，育之成才，主宾之间交如一日，传为佳话。子，古代对男子的敬称，特指有学问的人或老师。

②过庭之训：典出《论语·季氏》“鲤趋而过庭”，是说孔子教育儿子孔鲤的事。后以“过庭之训”指受教于父亲。阙然：缺少的样子，不完备的样子。

③不克：不能。成立：成人、自立。

④书帙（zhì）：泛指书籍。惕：敬畏，戒惧。

⑤艰：困难，不容易。树木：种树，植树。

⑥落落：稀疏，零落。

⑦畅茂：旺盛繁茂。条达：条理通达。

⑧睇（dì）视：注视，细看。

⑨嬉：戏乐。佚：放荡。燕：同“宴”，宴饮。堕：懈怠。

⑩夏（jiǎ）楚：古代学校两种体罚越礼犯规者的用具，泛指用棍棒等进行体罚，多用于对未成年者。《礼记·学记》：“夏楚二物，收其威也。”郑玄注：“夏，榣也；楚，荆也。二者所以扑挞犯礼者。”

⑪格：感通。

【译文】

张龄若先生要回去了。我想到几个儿子年幼，却要离开贤师，而我忙于公务没有闲暇，对儿子的教育有所缺失，怕学业就此荒废，以至于不能自立成人。有时对他们说一二句教导的话，又怕说过就忘记了，就随手写在书本上以供观览警惕。至于所说没有文采、条理，原本就不计较。

我的小厅前土壤贫瘠，难以种树。台阶的右侧种了一棵槐树，前几年只有一些枝叶，还稀疏零落的。到去年，忽然繁茂条达起来，绿油油地充满活力，令人惊喜。我每次经过，都要倚着栏杆注目凝视，流连好久才离开。由此想到人们种一棵树，尚且希望它繁茂兴盛，何况父兄对子弟寄予的希望呢！种树未必就能成荫，而希望它生存成长；养育孩子未必就能荣华显贵，而希望他成人自立。

唉！对儿子们期望殷切，以至于该吃饭时忘记去吃，到睡觉时睡不着觉。教给他做人的正道，激励他刻苦奋勉，不惜广泛征引，婉转譬喻，述古道今，以至于嘴唇喉咙干得如同火烧，直到气力枯竭才暂行停止。待闭目坐定后，再接着说。又如孩子们嬉戏放荡、宴游懈怠，必定施以体罚。呼喊声急切怕吓坏了孩子们，呼喊声轻缓又怕起不到警诫作用而容易再犯。轻了达不到效果，重了自己又伤心，孩子们痛在肉体，父亲痛在心中。唉！做人子女的，能够设身处地理解父母期望孩子的那份心情，怎么会不加努力呢！

心思纯正不偏，那么志向就容易确立，志向确立就会意气风发：愚昧的可以使之聪明，弱小的可以使之强大；冬天可以不用炉子取暖，夏天可以不用扇子取凉；山头可以挖平，大海可以汲干；天地可以通达，鬼神可以感动。所以求学的人贵在树立志向，做子女的，能够设身处地理解父母期望子女的那份心情，那么志向就树立了。

（方宁胜　撰）

衣食宜俭（节录）

张　英

圃翁曰[1]：予于归田之后[2]，誓不著缎[3]，不食人参[4]。夫古人至贵，犹服三浣之衣[5]。缎之为物，不可洗，不可染，而其价六七倍于湖州绉绸与丝绸[6]，佳者三四钱一尺[7]，比于一匹布之价[8]。初时华丽可观，一沾灰油，便色改而不可浣洗。况予素性疏忽[9]，于衣服不能整齐，最不爱华丽之服。归田后，惟著绒褐、山茧、文布、湖绸[10]，期于适体养性。冬则羔裘[11]，夏则蕉葛[12]，一切珍裘细縠[13]，悉屏弃之，不使外物妨吾坐起也[14]。

【作者小传】

张英（1637—1708），字敦复，号乐圃，桐城人。清代政治家、文学家。康熙六年（1667）进士。历任侍读学士，礼部、兵部侍郎，工部、礼部尚书，文华殿大学士。勤恳供职，关切民生，深得康熙帝器重，誉之“有古大臣之风”。病逝后赐祭葬加等，谥“文端”。历任《渊鉴类函》《政治典训》《平定朔漠方略》总裁，著有《文端集》《聪训斋语》等。

【题解】

这篇文章选自《聪训斋语》卷一，题目为编选者所加，这里仅节录“誓不著缎”一段。

《聪训斋语》共二卷，是张英所著家训，主要总结自己仕宦以来的人生经历和切身体会，结合古圣时贤言行事迹，要求子孙从“立品”“读书”“养身”“择友”四个方面入手，完善道德修养，提升人生境界。其中不乏修身齐家、经纶世务的至理名言，自刊刻以来，不仅被张氏子孙奉为至宝，遵行不悖，而且广为传扬，受到曾国藩、姚永概等名流大家的推重，影响极为广泛。

张英持家，以“俭”为宝，身体力行。年老归乡以后，仍“誓不著缎，不食人参”。这段家训重在说明自己“誓不著缎”、衣着从简的原由，表明自己的生活理念，希望子孙用心体会效法。

【注释】

①圃翁：张英号乐圃，又号乐圃翁。这里张英自称“圃翁”。

②归田：指辞官回乡。

③著：同“着”，穿。

④人参：多年生草本植物，根和叶可入药，有滋补作用，是一种名贵的中药材。

⑤三浣（huàn）之衣：洗过多次的粗布衣服。浣，洗。

⑥湖州绉紬（zhòu chóu）：浙江湖州出产的丝织品。绉，有皱纹的丝织品。紬，同“绸”，一种薄而软的丝织品。

⑦钱：市制重量单位，十钱等于一两。三四钱：指三四钱银子。

⑧比于：相当于。

⑨素性：本性。

⑩绒褐：以羊绒为原料的毛织物。山茧：山蚕茧，此指用山蚕茧制成的布。文布：有花纹的布。湖紬：浙江湖州生产的粗绸。

⑪羔裘：用羔羊皮制成的衣服。

⑫蕉葛：用蕉麻纤维织成的布。

⑬珍裘：珍贵的皮衣。细縠（hú）：有皱纹的细纱，这里指用有皱纹的细纱布做成的衣服。

⑭妨：妨碍。

【译文】

圃翁说：我在退隐田园后，立誓不穿缎料衣服，不吃人参。古代身份高贵的人，尚且穿戴洗过多次的粗布衣服。缎子这种东西，不好清洗，不易染色，而且它的价格是湖州纱绸与丝绸的六七倍，质量好的要三四钱银子一尺，相当于一匹布的价格。初穿时华丽好看，一旦沾上灰尘、油渍，就会变色而且洗不干净。况且我本性随意，对衣着不太讲究，最不喜欢华丽的服装。回乡后，只穿普通布料和丝绸制成的衣服，以求舒适自在，身心健康。冬天穿羊皮袄，夏天穿麻布衣，所有珍贵皮衣精细绸纱，都舍弃掉，不让这些东西妨碍我的日常起居。

（方宁胜　撰）

论读书（节录）

张　英

凡读书，二十岁以前所读之书与二十岁以后所读之书迥异[1]。幼年知识未开[2]，天真纯固[3]，所读者虽久不温习，偶尔提起，尚可数行成诵。若壮年所读，经月则忘，必不能持久。故六经、秦汉之文[4]，词语古奥[5]，必须幼年读。长壮后，虽倍蓰其功[6]，终属影响[7]。自八岁至二十岁，中间岁月无多，安可荒弃或读不急之书[8]？此时，时文固不可不读，亦须择典雅醇正、理纯辞裕、可历二三十年无弊者读之[9]。若朝华夕落、浅陋无识、诡僻失体、取悦一时者[10]，安可以珠玉难换之岁月而读此无益之文？何如诵得《左》《国》一两篇及东、西汉典贵华腴之文数篇[11]，为终身受用之宝乎？

【题解】

这篇文章选自《聪训斋语》卷二，题目为编选者所加。

张英一生酷爱读书，才高识广，知识渊博。他在《聪训斋语》中，将“读书者不贱”作为律身训子的要诀，认为穷苦之人，只要能够读书作文，也会赢得他人的尊敬，使人不敢轻视。读书的用处很多，但也要注重方式方法。

本文主要论述读书之道，重在辨析人生二十岁以前与二十岁以后读书的区别，明确指出一个人幼年、壮年必须读哪些书，哪些文章读了才能终身受益，哪些文章读了无益无用。从中我们可以看到，六经、秦汉之文，高品质的时文，《左传》《国语》以及那些典雅丰厚的两汉文章，都是张英推崇的必读书目。这既是他个人读书兴趣所在，也与桐城派学文门径相契合。

【注释】

①迥（jiǒng）异：相差很远。

②知识：这里指辨识事物的能力。知，同“智”。

③纯固：纯粹坚定。

④六经：指《诗》《书》《礼》《乐》《易》《春秋》这六部儒家经典。

⑤古奥：古老深奥，难以理解。

⑥倍蓰（xǐ）：数倍。蓰，五倍。

⑦影响：影子和回声。这里指印象不深，记忆不牢固，很快就忘记了。

⑧安：文言代词，表示疑问，相当于“怎么”或“哪里”。

⑨典雅醇正：指文章、言辞高雅而不浅俗、纯正而无

杂质。

⑩朝华：亦作“朝花”，即早晨开的花朵。诡僻：荒谬邪僻。

⑪《左》《国》:《左传》和《国语》。华腴：文辞华美。

【译文】

凡是读书，二十岁以前所读的书与二十岁以后所读的书大不相同。幼年时缺乏辨知事物的能力，天真淳朴，专一坚定，所读的书即使长时间没有温习，偶尔提到，还是可以背诵几行。如果是壮年时所读的书，过上个把月便会忘记，必定不能持久。所以六经、秦汉之文，用词古老深奥，难以理解，必须幼年时阅读。长大后，即使加倍努力，终究会因印象不深而很快忘记。从八岁到二十岁，中间的时日不多，怎能荒废时间或者去读那些不是当务之急的书籍呢？这个时段，八股时文固然不能不读，也必须选择典雅醇正、说理正统、语言丰富、流传二三十年仍未发现缺陷的范文来阅读。如果是朝花夕落、浅陋无识、诡异邪僻、有失体统、迎合一时的文章，怎么可以耗费自己珠玉般的宝贵时光，来阅读这些没有用的文章呢？还不如诵读一两篇《左传》《国语》和几篇东汉、西汉时的典雅华美文章，作为终身受用的宝贵财富呢？

（方宁胜　撰）

座右联语

张廷玉

文端公对联曰[1]：“万类相感以诚[2]；造物最忌者巧[3]。”又曰：“保家莫如择友[4]；求名莫如读书。”姚端恪公对联曰[5]：“常觉胸中生意满[6]；须知世上苦人多。”又《虚直斋日记》曰[7]：“我心有不快而以戾气加人[8]，可乎？我事有未暇而以缓人之急[9]，可乎？”均当奉为座右铭[10]。

【作者小传】

张廷玉（1672—1755），字衡臣，号砚斋，又号澄怀主人，张英次子，桐城人。清代杰出的政治家、文学家、史学家。为康熙三十九年（1700）进士。雍正时官至保和殿大学士兼吏部尚书。后设军机处，与鄂尔泰同为军机大臣，凡规制均出其手。乾隆时亦深得信任，进爵三等勤宣伯，加太保。前后居官五十年，先后纂康熙、雍正《实录》，并充《明史》、国史馆、《清会典》等总裁官。谥“文和”。著有《澄怀园全集》。

【题解】

这篇文章选自张廷玉的《澄怀园语》卷一。

《澄怀园语》系张廷玉积其终生的闻见和人生感悟而写就的一部杂著。其内容包罗甚广，小至修身齐家，大至治国安邦，皆信手拈来，阐发无遗。影响所及，除昌明教化、导人向善之外，尤重在家庭之内，使子孙规行矩步，熟悉为人处世之道。就这一点来说，历来皆把它同张英所著《聪训斋语》并提，视作家训中的双璧。

在本篇中，张廷玉选录了其父张英、岳父姚文然的三副对联及一则格言。其中第一联讲的是为人处世之道；第二联讲的是保家求名的正当途径；第三联讲的是人之为人，必须具备超越自我的广泛的同情心；最后一则讲的是处理人际关系时，应避免的两种不好的行为习惯。凡此均可视作立身行事的金玉良言，称之为座右铭，当是非常恰当的。

【注释】

①文端公：张廷玉之父张英。文端，张英谥号。

②万类：万物，多指有生命的个体。相感：相互感应。诚：真实；真心，不虚伪。

③造物：古人认为有一个创造万物的神力，叫作“造物”。忌：憎恶；怨恨。巧：虚浮不实；伪诈。

④择友：选择人交朋友。

⑤姚端恪公：姚文然（1620—1678）。

⑥生意：生机，生命力。

⑦《虚直斋日记》：亦名《虚直轩日记》，姚文然撰。

⑧戾（lì）气：乖戾、凶暴之气。

⑨未暇：没有空闲，没有时间。

⑩座右铭：东汉崔瑗为激励、警诫、提醒自己，曾专门写了一段韵语放在座位的右边，称之为“座右铭”。后泛指可作为格言以自励的文辞。

【译文】

文端公有一副对联说：“万物以诚实不欺相互感应；造物者最憎恶的是诈伪不实。”又有一副对联说：“保持家道兴旺最好的方法莫过于择人而交上益友；获得名望最佳的途径莫过于努力读书。”姚端恪公有一副对联则说：“常常觉得胸中充满着好生之情；须要知道世上还有很多穷苦之人！”在《虚直斋日记》中他又说：“我情绪不佳就朝别人乱发脾气，这样做合适吗？我因事忙没有空闲，就耽搁别人急等着要处理的事，这样做可以吗？”这些都应当作为自己的座右铭。

（汪茂荣　撰）

行事俭即做官清

张廷玉

吾乡左忠毅公举乡试[1]，谒本房陈公大绶[2]。陈勉以树立[3]，却红柬不受[4]。谓曰:“今日行事俭[5]，即异日做官清。不就此跕定脚跟[6]，后难措手[7]。”呜呼[8]！不矜细行[9]，终累大德。前辈之谨小慎微如此，彼后生小子，生富贵之家，染纨袴之习[10]，何足以知之?

【题解】

这篇文章选自张廷玉的《澄怀园语》卷三。

在这篇文章中，张廷玉借陈大绶告诫左光斗的话，揭示了一个道理：做官清廉，是因为平时行事俭约；身败名裂，是因为平时不拘小节。所以对于年轻人来说，立身行事，一定要谨小慎微，“勿以恶小而为之，勿以善小而不为”，这样才能逐渐克服种种不好的习气，而与时俱进，成为一个坦坦荡荡的君子。

【注释】

①左忠毅公：左光斗（1575—1625），字共之，号沧屿，桐城人。明代名臣。万历三十五年（1607）进士，官至都察院左佥都御史。为人刚直敢言，与左副都御史杨涟同为阉党侧目，并称“杨左”。天启五年（1625），又同被诬陷下狱，备受酷刑，死于狱中。崇祯初追赠太子少保，谥“忠毅”。乡试：科举考试之一。明、清每三年举行一次，一般于子、卯、午、酉年在各省省会（首都地区亦举行）举行。取中者为举人（第一名称解元），得应次年在首都礼部举行的会试。

②谒（yè）：拜见；请见。本房：即本房房师。明、清乡试、会试，录取者对评阅荐举本人试卷的同考官（即阅卷官）尊称为房师。因为乡试、会试是分若干房阅卷的，每房有一名同考官，试卷必须经过此房同考官的评定选荐，方能取中，故有此称。

③树立：建树。

④却：推辞；拒绝。红柬：科举时代，按惯例，中式者初次拜见房师是要送贽见礼的。送礼时，红柬（门生帖子）同礼物一起奉上，直称礼物不雅，故即以红柬代指礼物。

⑤俭：节省；俭朴。

⑥跕（zhàn）：同“站”。

⑦措手：着手处理；应付。

⑧呜呼：复合虚词，用在语段之前，可独立成句，表示伤感而感叹。可译为“哎呀”“唉”等。

⑨不矜（jīn）细行：指不注重小事小节。

⑩纨袴（kù）：亦作“纨绔”。原本指的是古代富家子弟所穿的洁白光亮的绸裤，引申指富家子弟。

【译文】

我乡左忠毅公乡试中举后，去拜见房师陈大绶。陈大绶勉励他要有所建树，而拒收他的拜见礼，并告诫他说：“现在做事节俭，以后做官就能清正廉洁。不在此时就站稳脚跟，以后会很难办的。”唉！不注重小事小节，到头来就会有损于整个的人格。前辈们是如此的谨小慎微，那些晚辈后生，生长在富贵人家，从小就沾染上浮华的习气，怎么能知道这些呢？

（汪茂荣　撰）

与师古儿（选一）

姚　鼐

汝身子即不健，不必锐意作时文[1]，却不可不读经书[2]。盖人元不必断要中举人、进士[3]，但圣贤道理不可不明。读书以明理，则非如做时文有口气、枯索等题[4]，使天资鲁钝之人无从著手[5]，以致劳心生病。且心既明理则寡欲少嗔贪[6]，清净空明则为知道之人。其可尊可贵不远出于举人、进士之上乎？汝但宜时以此意以读书向道[7]，为养病之法则，于汝父亦无不足之恨。如应考等事不去何害？若强所必不能，徒自苦，又何益哉！

【作者小传】

姚鼐（1732—1815），字姬传，一字梦谷，世称惜抱先生，桐城人。清代文学家、学者。乾隆二十八年（1763）进士。官至刑部郎中，充《四库全书》纂修官。中年弃官，主讲梅花、钟山、紫阳、敬敷书院，前后达四十年，培养了众多人才。论学主张应集义理、考证、文章三者之长。论文讲究“神、理、气、味、格、律、声、色”，认为“神、理、气、味”为文之精，“格、律、声、色”为文之粗，二者虽有精粗之分，却又不能偏废。所作古文，师法方苞而上溯宋欧阳修、曾巩，以醇正严谨著称，卓然为一代宗师。并辑《古文辞类纂》，说明古文义法，极便初学。由此影响遍及全国，使桐城文派最终得以形成。著有《惜抱轩诗文集》《惜抱轩尺牍》等书。

【题解】

本文系姚鼐写给其次子姚师古的一封家书，选自《惜抱轩尺牍补编》卷二。

在这封家书中，姚鼐打破了世俗的陋见，教育其子不必着眼于考取举人、进士，走上富贵通达之路；而应以读书明理、力求成人为第一要务。这种看法，在讲究功利的传统社会，是极其少见的。从中既可见出姚鼐秉性的通达，又可看出他不愿意儿子受名缰利锁的束缚而有损于身心的健康，其舐犊之情，令人感动。

【注释】

①锐意：勇于进取，意志坚决专一。时文：指流行于一个时期、一个时代的文体，其特定含义是指科举时代的应试文章，此处主要指八股文。

②经书：此处主要指儒经，即儒家的经典著作，如《诗经》《尚书》《周礼》《礼记》《易经》《春秋》《论语》《孟

子》等。

③元：同“原”，本来，原先。举人、进士：明、清科举制度中，乡试登第者称举人，经过会试及殿试登第者称进士。

④做时文有口气、枯索等题：此处时文指八股文。八股文的行文要求是“代圣贤立言”，故作者不得有自己的见解，必须像演员表演一样，模仿“圣贤”的语气来说话，越惟妙惟肖越好，此之谓“口气”。“枯索等题”，即枯燥乏味一类的题目。八股文有一些特殊的命题方式，如截搭题之类，难度极大，颇费人的脑力。

⑤著（zhuó）：同“着”。

⑥嗔（chēn）：发怒，生气。贪：爱财，纳赃受贿。

⑦向道：向慕道义。

【译文】

你身体不好，没有必要专心作八股文，但儒家的经典却不可不读。因为作为一个人来说，不一定要中举人、进士，但圣贤的道理却非得明白不可。读书是为了明理，不像作八股文有模仿古人口气、揣摩各种题目等困难，使得资质比较愚钝的人简直无从入手，以致费神生病。且心既明理，就会降低欲望，减少贪、嗔方面的烦恼，如此则心性洞澈灵明，而成为通晓大道的人。其高贵可值得尊敬之处，不远远地高出于举人、进士吗？你应当随时根据此意去读书、追求真理，以作为养病的原则。这样对于你父亲我来说，也就没有什么不满足之感了。至于科举考试之类的事，即使不参加又有什么危害呢？假使勉强做自己所不能做的事，那只是白白地自找苦吃，又会有什么好处呢！

（汪茂荣　撰）

修辞立诚

方东树

修辞立诚[1]，未有无本而能立言者[2]。且学无止境，道无终极[3]。凡居身居学，才有一毫伪意，即不实；才有一毫盈满意，便止而不长进。勤勤不息[4]，自然不同。故曰：其用功深者，其收名也远。

【作者小传】

方东树（1772—1851），字植之，别号副墨子，又称仪卫先生，桐城人。清代文学家、学者。方东树少承家学，又师从姚鼐学习古文，与梅曾亮、管同、刘开并称“姚门四杰”。他学识渊博，凡经史、诗文、佛老、文字训诂之学无不贯通；为文浩博深湛，风格沉雄坚实；诗歌功力尤为坚劲，诗作、诗论均为后世称赏。著有《仪卫轩文集》《仪卫轩诗集》《汉学商兑》《昭昧詹言》等。

【题解】

这篇文章选自《昭昧詹言》卷一，为“五古通论”第七则，文题为编者所加。该书是方东树晚年著作，书名意为“揭示诗学奥秘的片言断语”，内容以笔记体方式呈现，指示人们学诗的门径。其特点是以桐城派古文家的眼光评断诗歌，体现了桐城派对诗歌的见解。

本文着重阐说诗歌修养方面的问题。作者指出，诗文写作的根本法则在于“诚”。这里的“诚”指写作者的真实本心，但这种本心不是自发自为的状态，而是浸润着美德精神的心灵，它必须通过不断修养才能逐渐形成，因而作者又进一步指出“学无止境”“道无终极”的道理。正因为如此，作者认为，必须以踏踏实实、毫不自满的作风来修身、为学，只有勤学不倦，才能日有所进，而后必能有所成，功力越深，成就越大。方东树以一则简短的感言，揭示了文艺表达的根本原则和修为的基本途径。

【注释】

①辞：言辞表达，指写作文章。诚：诚善之心，这里指儒家提倡的完美的人格精神。

②本：本义是树木的根，后指事物的根本。

③极：顶端，尽头。

④勤勤：用心努力的样子。

【译文】

写作诗文要表达诚善之心，没有舍弃这个根本而能写出好诗文的。而且学习没有终点，对道义的追求也不会有尽头。凡是修身、为学，只要有一丝一毫弄虚作假的想法，就不是踏踏实实下功夫；只要有一丝一毫骄傲自满的念头，就会止步不前，不再有长进。用心努力，持续不懈，得到的结果就自然不同。所以说：谁用功深，谁就会声名久远。

（汪文涛　撰）

问说[1]（节录）

刘　开

君子之学必好问[2]，问与学相辅而行者也。非学无以致疑[3]，非问无以广识，好学而不勤问，非真能好学者也。理明矣，而或不达于事[4]；识其大矣，而或不知其细，舍问，其奚决焉[5]？贤于己者，问焉以破其疑[6]，所谓就有道而正也[7]。不如己者，问焉以求一得，所谓以能问于不能，以多问于寡也。等于己者[8]，问焉以资切磋[9]，所谓交相问难[10]，审问而明辨之也[11]。

【作者小传】

刘开（1784—1824），字明东，号孟涂，桐城人。清代文学家。刘开出身贫苦，但好学不倦，十四岁时师从姚鼐，习诗文之法，后为生计所迫，奔走四方。道光元年（1821）受聘在亳州编修州志，志书未及修成即患病去世。他继承前代古文传统，集众家之美，又能融会贯通，所写古文明快畅达，纵横奔放。著有《刘孟涂集》《孟涂骈体文》《广列女传》等。

【题解】

这篇文章选自《孟涂文集》卷二，是刘开二十多岁时写的一篇论学之文，世人视为韩愈《师说》的姊妹篇。全文近千字，这里节选其首段。它作为全文之纲，辩证阐述了“问”在学习中不可或缺的作用。

节录的这部分文字，重在建立论点。起首即亮出“君子之学必好问，问与学相辅而行者也”的总论点，作为一篇之警策。接下来主要阐说论点建立的内在因由，并多方列举向不同人询问的作用和必要性，层层阐发，立意坚稳。全段言简理明，思清意畅，简约而具丰实之美，同时以骈散结合的句式和情感语气的变化，造就文势的摇曳动荡。这种开篇立论的方式，颇具唐宋古文的气象，是刘开古文风格的典型体现。

【注释】

①说：古代一种议论性文体。

②君子：有才德有修养的人。

③无以：没有什么可以用来；无从。致：求得，产生。

④或：或许，可能。达：通晓，实现，在这句话里表示能自如地应用。

⑤其：语气副词，表反问语气。

⑥焉：表疑问的语气词。

⑦就：接近。

⑧等：相同，一样。

⑨资：凭借，用来帮助。

⑩难（nàn）：辩驳，质询。

⑪审：仔细，周密。

【译文】

一个有才德修养的人，他在学习中必然喜欢向人询问，“问”和“学”是相互促进的。不“学”就不能产生疑问，不“问”就无法增长见识，喜欢学习却不爱向人询问，不能算真正好学。懂得了理，却有可能不会自如地应用；明白了大的梗概，却有可能不知晓其中细节，除了问，又能怎么解决呢？比自己德行高的人，向他们询问来破除疑难，就是孔子说的接近有道之士从而匡正自己。不如自己的人，向他们询问求得一点见识，就是曾子说的以有才能向无才能的人问，以知识多向知识少的人问。同自己水平相当的人，向他们询问借以共同切磋，就是子思说的相互辩驳，仔细探讨，而后做到明确辨别。

（汪文涛　撰）

谕纪鸿（节录）[①]

曾国藩

字谕纪鸿儿：

家中人之来营者[②]，多称尔举止大方[③]，余为少慰[④]。凡人多望子孙为大官，余不愿为大官，但愿为读书明理之君子[⑤]。勤俭自持[⑥]，习劳习苦，可以处乐[⑦]，可以处约[⑧]，此君子也。余服官二十年[⑨]，不敢稍染官宦气习，饮食起居，尚守寒素家风[⑩]，极俭也可，略丰也可，太丰则吾不敢也。

凡仕宦之家，由俭入奢易，由奢返俭难。尔年尚幼，切不可贪爱奢华，不可惯习懒惰。无论大家小家、士农工商，勤苦俭约，未有不兴；骄奢倦怠[⑪]，未有不败。尔读书写字不可间断，早晨要早起，莫坠高曾祖考以来相传之家风[⑫]。吾父吾叔，皆黎明即起，尔之所知也。

【作者小传】

曾国藩（1811—1872），字涤生，湖南湘乡人。清代政治家、文学家。道光十八年（1838）进士。曾任翰林侍讲学士、内阁学士，擢礼部右侍郎，历署兵、吏部侍郎。后因镇压太平军、捻军立功，官至两江总督、武英殿大学士，被封一等毅勇侯，死谥“文正”。初学桐城派古文，推崇姚鼐；后以中兴桐城派古文为旗帜，招揽人才，共研文事，扩大桐城派影响。著有《曾文正公全集》，编有《经史百家杂钞》等。

【题解】

这篇文章选自《曾文正公家训》上卷，是曾国藩写给次子纪鸿一封家书的节录。家训是对子孙治家立身的训教之言，历来受到人们重视。

这封家书写于咸丰六年（1856）九月二十九日，曾纪鸿时年九岁。当时，曾国藩正在江西抚州城外带领湘军与太平军作战，尽管军务繁忙，他也没有放松对子女的教育。在这封信中，曾国藩先是表达了对儿子纪鸿举止大方的宽慰，转而强调人的内在修为，不能只看外表。谆谆告诫儿子要勤俭自持、习劳习苦，要读书写字、早晨早起，保持寒素的家风，做个读书明理的君子。曾国藩之所以重视子女教育，自然是为了曾氏家业长久兴旺，不致在子女手中败落。而他这种高度重视子女教育的态度，也是对中国传统家风家教的弘扬，至今仍有借鉴意义。

【注释】

①谕（yù）：告知，吩咐。此为旧时长辈写给晚辈书

信的习惯用语。纪鸿：曾国藩次子，道光二十八年（1848）生，少年好学，文笔劲健，喜攻研数学，惜三十三岁英年早逝。著有《对数评解》《圆率考真图解》等数学专著。

②营：军营。

③尔（ěr）：你。

④少（shǎo）：稍。

⑤但：只。

⑥自持：自我约束。

⑦可以：可凭借。可，可以。以，凭借。处乐：生活在安逸的环境。

⑧处约：生活在俭朴的环境。

⑨服官：做官。

⑩寒素：清贫。

⑪骄奢（shē）倦怠：骄傲、奢侈、厌倦、懈怠。

⑫莫：不要。坠（zhuì）：丢掉。考：古代指父，后称已故的父亲。

【译文】

字谕纪鸿儿：

从老家来到军营的人，大多称赞你举止大方，我对此稍感欣慰。一般人家大都希望子孙做大官，但我不希望子孙做大官，只愿意子孙做个读书明理的君子。勤劳俭朴，自我约束，吃苦耐劳，可凭此生活在安逸的环境，也可凭此生活在俭朴的环境，这就是君子。我做官二十年，不敢稍稍沾染官场习气，饮食起居，仍保持家境贫寒时的习惯，极俭朴也可，略丰盛也可，太丰盛那我就不敢了。

凡是做官的人家，从俭朴到奢侈容易，从奢侈回到俭朴就困难了。你年纪还小，切不可贪恋奢华，不可养成懒惰的坏习惯。无论是大户人家还是小户人家，士农工商各种人，只要勤劳艰苦、俭朴节约，家庭没有不兴旺的；骄傲奢侈、懒惰倦怠，家庭没有不衰败的。你读书写字不可以间断，早上要早起，不要丢掉高、曾、祖、父辈世代相传的家风。我父亲我叔父，都是天刚亮就起床，这是你知道的。

（程徐李　撰）

谕儿书（节录）[①]

吴汝纶

忍让为居家美德[②]，不闻孟子之言“三自反”乎[③]？若必以相争为胜，乃是大愚不灵[④]，自寻烦恼[⑤]。人生在世，安得与我同心者相与共处乎[⑥]？凡遇不易处之境，皆能长学问识见[⑦]。孟子“生于忧患[⑧]”、“存乎疢疾[⑨]”，皆至言也[⑩]。

【作者小传】

吴汝纶（1840—1903），字挚甫，桐城人。清代文学家、教育家。同治四年（1865）进士。授内阁中书，先后入参曾国藩、李鸿章幕府，历官深州、冀州知州。光绪间主讲保定莲池书院，后被荐为京师大学堂总教习，赴任前，自请赴日本考察教育，归国后还乡，创办桐城学堂（今桐城中学前身），不久病逝。师事曾国藩，为“曾门四弟子”之一。论文旨趣与曾国藩不尽同，重剪裁而求雅洁，尚醇厚而诎雄肆。行文长于议论，老练质朴。著有《桐城吴先生全书》。

【题解】

这篇文章选自《谕儿书》卷一，是吴汝纶写给儿子吴闿生一封家书的节录。

吴汝纶的家教思想，集中体现在其《谕儿书》中，内容涉及修身立行、读书治学等诸多方面。小到“修身、齐家”，大到“治国、平天下”，殷殷教诲，入情入理。

在这封书信中，吴汝纶两次引用圣贤孟子语录，教导儿子如何理性对待“忍让”和“逆境”，以此作为对儿子日后步入社会的告诫警示，使其心中早有准备，以免事到临头无所适从。寥寥数语，亲切自然，读之感同身受。

【注释】

①书：书信。

②居家：日常生活。

③孟子（前372—前289），姬姓，孟氏，名轲，字子舆。鲁国邹（今山东邹城）人。战国时期儒家代表之一，思想家、哲学家、教育家。他的思想学说，保存在《孟子》一书中。三自反：三次反省自己。即如果有人对你蛮横无理，你要反躬自问，自己是否不仁，是否无礼，是否不忠。典出《孟子·离娄下》。

④乃是：就是。

⑤寻：找。

⑥安得：怎能求得。乎：呢。

⑦长（zhǎng）：增长。

⑧生于忧患：艰难困苦的环境有利于人的生存。语出《孟子·告子下》。忧患，指艰难困苦的环境。

⑨存乎疢（chèn）疾：生点疾病，也有利于身体健康。语出《孟子·尽心上》。疢，疾病。

⑩至言：富有哲理的精辟之语。

【译文】

忍让是日常生活中的美德，没听说过孟子说的“三次反省自己”的话吗？如果一定要以相争取胜，那是非常愚蠢、极不聪明，是自找烦恼。人生在世，哪能求得与我同心的人共同相处呢？凡遇逆境，都是能增长学问和见识的。孟子说的“艰难困苦的环境有利于人的生存”，“生点疾病也有利于身体健康”，都是至理名言。

（程徐李　撰）

初中单元

这个单元学习桐城派写人、记事、记游、写景美文。

在桐城派文学宝库中，这类作品占有相当大的分量，有不少脍炙人口的名篇。这里所选的十八篇佳作，以游记为主，兼及记叙、图记、书信，各有特色，各具其妙。尤其是游记类文章如《游碾玉峡记》《游晋祠记》《登泰山记》《宝山记游》《卜来敦记》等，以生花妙笔描绘风景，将自然风光、地理环境与人文情怀融为一体，具有独特的个性色彩与人文意蕴，其中不乏对祖国山水的深情描绘和异域风光的直观展示；图记类文章如《婴砧课诵图记》《观巴黎油画记》《西山精舍图记》等，语言自然清新，感情真挚细腻；写人、记事类文章如《左忠毅公逸事》《田间先生墓表》《良弼桥记》等，选材精准，叙事简洁，人物形象生动；而姚莹的《再与方植之书》所展现的反帝爱国的炽热情怀、知难而上的斗争精神，更是感人肺腑，动人心弦。

同学们通过对这一单元的学习，一定能够体会到桐城派雅洁清通的语言风格、文道合一的创作追求、情韵相生的艺术表达，并可在写作文时自觉地加以运用。

（方宁胜　撰）

河　墅　记

戴名世

江北之山[1]，蜿蜒磅礴，连亘数州[2]，其奇伟秀丽绝特之区[3]，皆在吾县[4]。县治枕山而起[5]，其外林壑幽深[6]，多有园林池沼之胜[7]。出郭[8]，循山之麓[9]，而西北之间，群山逶迤[10]，溪水潆洄[11]，其中有径焉，樵者之所往来。数折而入，行二三里，水之隈[12]，山之奥[13]，岩石之间，茂树之下，有屋数楹[14]，是为潘氏之墅[15]。余褰裳而入[16]，清池浟其前[17]，高台峙其左[18]，古木环其宅。于是升高而望，平畴苍莽[19]，远山回合，风含松间，响起水上。噫！此羁穷之人[20]，遁世举远之士[21]，所以优游而自乐者也[22]，而吾师木厓先生居之。

夫科目之贵久矣[23]，天下之士莫不奔走而艳羡之，中于膏肓[24]，入于肺腑。群然求出于是，而未必有适于天下之用。其失者，未必其皆不才；其得者，未必其皆才也。上之人患之[25]，于是博搜遍采，以及山林布衣之士，而士又有他途捷得者，往往至大官。先生名满天下三十年，亦尝与诸生屡试于有司[26]。有司者好恶与人殊，往往几得而复失。一旦弃去，专精覃思[27]，尽究百家之书，为文章诗歌以传于世，世莫不知有先生。间者求贤之令屡下[28]，士之得者多矣，而先生犹然山泽之癯[29]，混迹于田夫野老[30]，方且乐而终身[31]，此岂徒然也哉！

小子怀遁世之思久矣，方浮沉世俗之中[32]，未克遂意[33]，过先生之墅而有慕焉，乃为记之。

【作者小传】

戴名世（1653—1713），字田有，号南山，桐城人。清代文学家。早年卖文为生，康熙四十八年（1709）进士，授编修。两年后，因其所著《南山集》中引述南明抗清事迹，被左都御史赵申乔劾为悖逆，下狱处死。与方苞交好，常在一起切磋古文，文论、创作及史学皆有建树，为桐城派先驱之一。今人王树民整理有《戴名世集》。

【题解】

这篇文章选自王树民编校的《戴名世集》卷十，写于康熙二十一年（1682）。

此前一年秋天，戴名世老师潘木厓在桐城县城西北买山，其地处于西龙眠山，倚毛河之滨，向古塘庄而立，距离县城宜民门三四里。次年春，他在此构舍筑堤种花，当年冬天完工后，即在此隐居。屋舍门楣题“河墅”二字，为友人张英由京城书赠。

文中，作者以寻访者的身份，有声有色地描绘了亲眼所见潘氏河墅风景之美、环境之幽；由因科举失利而隐居于此的潘木厓，引出大段痛快淋漓的议论，抨击科举制度荼毒士子、禁锢人才的种种弊端，抒发贤才遭弃的不平之感，同时表达对潘氏能够远遁山林、“乐而终身”的羡慕之情。

本文写河墅之景，不作繁琐的铺叙，而是以极为简省的文字，将江北之山的蜿蜒磅礴、县治西北的奇伟秀丽、潘氏之墅的古朴清幽，由表及里、层次分明地刻画出来，以此衬托河墅主人的高洁之志，寄托自己心向往而不得的感慨与无奈。全文精于描绘，长于议论，笔端含情，思致悠远，是戴名世游记文的代表作之一。

【注释】

①江北：长江以北。

②连亘（gèn）：接连不断（多指山脉等）。

③绝特：最为突出。

④吾县：指作者家乡桐城。

⑤县治：县一级政府机关所在地，即县城。枕山：指县城依山而建，如头之在枕。

⑥林壑（hè）：树林和山谷。幽深：深而幽静。

⑦池沼（zhǎo）：水池。胜：优美，指美丽的景色。

⑧郭：指外城的墙。

⑨麓：山脚。

⑩逶迤（wēi lǐ）：蜿蜒曲折的样子。

⑪潆洄（yíng huí）：水流回旋的样子。

⑫隈（wēi）：水流弯曲的地方。

⑬奥：深处。

⑭楹（yíng）：量词，古代计算房屋的单位。一种说法以一列为一楹，另一种说法以一间为一楹。

⑮潘氏：戴名世的老师潘江，字蜀藻，一字耐翁，别号木厓，安徽桐城人。明崇祯时秀才，清康熙间两次以隐逸征召，皆以疾辞谢，隐居著述，著作达四十余种，今多散佚不存。墅：别墅。

⑯褰（qiān）裳：提起长袍（或长裙）下摆。

⑰洑（fú）：流水回旋的样子。

⑱峙（zhì）：耸立。

⑲平畴（chóu）：平坦的原野。苍莽：空旷辽阔。

⑳羁（jī）穷：穷困不得志。

㉑遁（dùn）世：离开尘世而隐居。举远：远行，这里借指隐居者。

㉒优游：悠闲自得。

㉓科目：指科举。唐代以科举取士，有秀才、明经、进士等名目，故名科目。至宋代分科较少，明、清时虽只设进士一种，但仍沿用旧称。

㉔膏肓（gāo huāng）：古代医学以心尖脂肪为膏，心脏与膈膜之间为肓，被认为是药力难以到达的地方。比喻事

物的要害或关键。

㉕上之人：统治者、处于上层阶级的人。患：忧虑。

㉖诸生：清代生员有增生、附生、廪生、例生等，统称诸生。有司：官吏，这里指主考官。

㉗覃（tán）：深。

㉘间者：近来。

㉙癯（qú）：清瘦。

㉚野老：村野老人。

㉛方且：将会，将要。

㉜浮沉：随波逐流。

㉝未克遂意：未能如愿。

【译文】

长江以北的山，蜿蜒起伏，磅礴雄伟，连绵横跨好几个州县，其中最为雄奇峻伟秀丽的部分，都在我县。县城依山而建，城外林壑深邃，有许多景致优美的园林池塘。出了城，沿山脚行走，西北方向群山蜿蜒曲折，山溪流水回旋，其中有条小道，是供砍柴人往来的。转几个弯进山，步行二三里，水湾边，山深处，岩石之下，茂林旁边，有几排房屋，这就是潘先生的别墅。我提起长袍下摆走进去，一泓清流在庭前缓缓流淌，左边高台峙立，宅旁古木环绕。于是，登上高处远望，原野空旷辽阔，一望无际，远山重峦叠嶂，松间风声穿过，水面荡起波澜。唉！这就是困顿不得志之人、避世隐居之士，所赖以优游而自得其乐的处所，而我的老师木厓先生正是居住在这里。

科举考试受重视很久了，天下读书人没有不为之艳羡追求的，其影响早已深入于膏肓、肺腑之中。人们都想从这里求得出身，可这样的人未必适合于天下之用。其中落第者，未必都不是人才；考中的人，未必都是人才。居于上位的人由此心生忧虑，于是广泛搜罗寻访，直至那些隐居山林的布衣之士；而士子中又有人通过其他便捷的途径，常常可以做到大官的。

潘先生名声传遍天下三十年，也曾与诸生一道屡次参加科举考试。主考官的好恶与一般人不同，先生往往自我感觉就要高中，最后却落第了。一旦放弃并远离科举，专下心来深入思考，精心探究诸子百家著作，创作文章和诗歌以传播于世，世上就没有不知道先生大名的。近来朝廷求贤的诏令屡屡颁下，由此获得功名利禄的士人多得很，可先生依然还是隐于山泽的清贫之士，行迹混杂在田夫野老之中，并乐于以这种方式安度晚年。这难道是无缘无故的吗！

我怀有隐居的念头已经很久了，现在浮沉于世俗社会之中，不能如愿，拜访先生的别墅而心生羡慕，于是写下了这篇游记。

（方宁胜　撰）

左忠毅公逸事

方　苞

先君子尝言[1]：乡先辈左忠毅公视学京畿[2]，一日，风雪严寒，从数骑出，微行入古寺[3]，庑下一生伏案卧[4]，文方成草[5]，公阅毕，即解貂覆生[6]，为掩户[7]。叩之寺僧，则史公可法也[8]。及试，吏呼名至史公，公瞿然注视[9]；呈卷，即面署第一。召入，使拜夫人，曰："吾诸儿碌碌[10]，他日继吾志事，惟此生耳。"

及左公下厂狱[11]，史朝夕狱门外，逆阉防伺甚严[12]，虽家仆不得近。久之，闻左公被炮烙[13]，旦夕且死[14]；持五十金，涕泣谋于禁卒[15]，卒感焉。一日，使史更敝衣草屦[16]，背筐，手长镵[17]，为除不洁者。引入，微指左公处[18]，则席地倚墙而坐，面额焦烂不可辨，左膝以下，筋骨尽脱矣。史前跪，抱公膝而呜咽。公辨其声而目不可开，乃奋臂以指拨眦[19]，目光如炬，怒曰："庸奴！此何地也？而汝来前。国家之事，糜烂至此[20]，老夫已矣，汝复轻身而昧大义[21]，天下事谁可支拄者？不速去，无俟奸人构陷，吾今即扑杀汝！”因摸地上刑械，作投击势。史噤不敢发声，趋而出[22]。后常流涕述其事，以语人曰：“吾师肺肝，皆铁石所铸造也！”

崇祯末，流贼张献忠出没蕲、黄、潜、桐间[23]，史公以凤庐道奉檄守御[24]。每有警，辄数月不就寝，使将士更休[25]，而自坐幄幕外，择健卒十人，令二人蹲踞而背倚之，漏鼓移[26]，则番代[27]。每寒夜起立，振衣裳，甲上冰霜迸落，铿然有声。或劝以少休，公曰：“吾上恐负朝廷，下恐愧吾师也。”

史公治兵，往来桐城，必躬造左公第[28]，候太公、太母起居，拜夫人于堂上。

余宗老涂山[29]，左公甥也[30]，与先君子善，谓狱中语乃亲得之于史公云。

【作者小传】

方苞（1668—1749），字凤九，一字灵皋，号望溪，桐城人。清代文学家、学者。康熙四十五年（1706）由举人参加会试，名列第四，以母病未参加殿试。五年后因戴名世《南山集》案牵连入狱，获赦后入直南书房，为皇帝文学侍从，官至礼部右侍郎。尊奉程朱理学和唐宋古文，提倡古文“义法”，文风雅洁，为桐城派创始人。著作汇为《方望溪先生全集》。

【题解】

这篇文章选自刘季高校点的《方苞集》卷九。逸事，指史传逸失未载之事，作为文体名，则是传记之一种。

明天启四年（1624）五月，左副都御史杨涟上书揭发自称“九千岁”的宦官魏忠贤，列出其二十四罪；左佥都御史左光斗亦上疏附应。魏忠贤大怒，于次年七月将两人缉捕，不久，杨、左二人受尽折磨，惨死狱中。南明弘光帝时，追谥左光斗为“忠毅”。清康熙中，同乡方苞为左光斗作此文。

明末抗清名将史可法是左光斗的学生，率军坚守扬州，城破不屈而死。方苞略去其殉难事迹，仅记史可法抵御张献忠起义军之事。这种写作取材方式，顺应了清初褒奖前朝忠烈、倡导忠孝节义的文化政策。与《明史·左光斗传》叙其一生大事十余件相比，方苞此文，仅选取左、史师生关系始末作为素材，于正史略而不记的“狱中”一节，记叙尤详，以宾衬主，以情辅志，语言雅洁传神，既生动塑造了左光斗公忠体国、坚毅不屈的形象，也完美体现了方苞的古文“义法”主张。左光斗的形象及精神，就是本文“义”之所在，真切生动的讲述，详略得当的剪裁，严谨得体的结构，则彰显了“法”的内涵，堪称桐城派主于“义法”的代表作。

【注释】

①先君子：作者对已故父亲方仲舒的尊称。

②视学京畿（jī）：在京城地区视察学务。左光斗于万历四十八年（1620）任畿辅学政。京畿：国都及其所辖周围地区。

③微行：古代帝王或高官隐藏自己身份，改穿百姓衣服出行。

④庑（wǔ）：正房对面和两侧的小屋。

⑤成草：完成草稿。

⑥貂：貂皮衣。覆：盖。

⑦掩户：带上门。

⑧史公可法：史可法（1602—1645），字宪之，号道邻，明末河南祥符（今河南开封）人。崇祯元年（1628）进士，官至右佥都御史、南京兵部尚书。明亡后拥立福王（弘光帝），加武英殿大学士，督师扬州。清军南下，坚决抵抗，城破被俘，不屈遇害。

⑨瞿（qú）然：惊视的样子。

⑩碌碌：平庸的样子。

⑪厂狱：明代东厂监狱。明成祖朱棣为加强专制统治，于永乐十八年（1420）设立东厂，用宦官主持，对大小官吏进行侦缉搜捕，其活动不受刑部约束。

⑫逆阉：指太监魏忠贤一党。明天启时，魏忠贤专权，

结党营私，残害忠良，崇祯即位后，严查阉党，定为“逆案”，故后世称魏忠贤阉党为“逆阉”。防伺：防备、看管。

⑬炮烙（páo luò）：古代的一种酷刑，把铜柱烧热，烙人皮肉。

⑭且：将。

⑮禁卒：狱吏。

⑯屦（jù）：麻、葛等制成的单底鞋。

⑰手：作动词用，拿，执。镵（chán）：铁铲一类的工具。

⑱微：暗地。

⑲奋臂：有力地高举手臂。眦（zì）：眼眶。

⑳糜（mí）烂：腐朽，腐烂。此处指国家被阉党操纵，局势危急。

㉑昧：愚昧，无知，不明白。

㉒趋：快步而行。

㉓流贼：对农民起义军的蔑称。张献忠：明末农民起义主要领袖之一。曾转战陕、豫、鄂、皖各地，崇祯十七年（1644）在成都建立大西政权，即帝位。清军南下，率兵抵抗，中箭身亡。蕲（qí）：今湖北省蕲春县。黄：今湖北省黄冈市。潜：今安徽省潜山市。桐：今安徽省桐城市。

㉔凤：凤阳府，府治在今安徽省凤阳县。庐：庐州府，府治在今安徽省合肥市。道：明清时期在省府之间所设置的监察区，有分巡、分守等道之别，其长官称为道员。奉檄

（xí）：奉令。檄：古代用于声讨、晓谕及征召的官方文书。

㉕更休：轮番休息。

㉖漏鼓移：每过一个更次。古代滴水计时的器具叫漏，一夜分为五更，每更击鼓报时叫漏鼓。移：漏鼓所报时间的推移变化。

㉗番代：轮番替代。

㉘躬造：亲自拜访。第：府第。

㉙宗老：在世的同族中辈分最高的人。涂山：方苞的族祖方文（1612—1669），字尔止，号涂山。明亡后更名一耒，隐居以终。以诗著名，诗学白居易，有《涂山集》等。

㉚甥：此指女婿。《礼记·坊记》郑注谓妻父曰外舅，则甥指女婿。

【译文】

我父亲生前曾经说：同乡前辈左忠毅公在京城一带视察学务，有一天，刮风下雪，十分寒冷，左公带着几个随从骑马外出，微服察访，走进一座古寺。见厢房小屋里，有一个书生伏在桌上睡着了，文章刚打好草稿。左公看完那篇文章，就脱下自己的貂皮大衣盖在书生身上，为他关上房门。问寺里的和尚，原来这人就是史公可法。等到考试，小吏叫到史公的名字，左公惊喜地注视着他；等考卷交上来，就当面签署他为第一名。邀请他到家里，让他拜见夫人，说："我几个孩子都平庸无能，将来继承我志向和事业的，就是这个学生了。”

等到左公被关进东厂监狱，史可法早晚都守在监狱门外。奸恶的阉党防备很严，即使左家的仆人也不得靠近。过了好久，听说左公遭受了炮烙酷刑，随时都会死去。史公拿了五十两银子，哭泣着恳求看守让他进去，看守被感动了。一天，看守让史公换上破烂衣服，穿上草鞋，背上竹筐，手拿长柄铁铲，装扮成打扫垃圾的，将他领进牢房，偷偷指点左公所在的地方。只见左公靠着墙壁坐在地上，额头面部都被烫焦，溃烂无法分辨，左膝盖以下，筋骨全都露出来了。史公走上前跪下，抱着左公的膝盖伤心地哭起来。左公听出了他的声音，可是眼睛睁不开，于是奋力举起胳膊用手指拨开眼眶，目光亮得像火炬，怒气冲冲地说：“没用的奴才！这是什么地方？你还到这里来！国家大事败坏到这种地步，老夫我已经不行了，可你也不爱惜自己的生命，不明大义，天下的大事将靠谁来支撑？不赶快离开这里，不用等奸人来陷害你，我现在就砸死你！”于是摸到地上的刑具，作出投击的样子。史公闭嘴不敢出声，快步退了出去。后来常常流着眼泪讲起这件事，告诉人家说：“我老师的心肠，都是铁石铸造的！”

崇祯末年，流贼张献忠在蕲春、黄冈、潜山、桐城一带活动，史公作为凤（阳）庐（州）道的长官奉命防守御敌。每次得到警报，就几个月不能安稳地睡觉，分派将士们轮流休息，而自己坐在营帐外面，挑选十名身强力壮的士兵，每次叫两人蹲坐着，自己背靠他们休息，过一更次，就轮番替换一次。每到寒冷的夜晚，一站起来，抖动衣裳，铠甲上的冰霜迸落下来，发出铿锵的声响。有人劝他稍微休息一下，史公说：“我对上怕辜负朝廷，对下怕愧对我的老师。”

史公指挥军事，往来于桐城，必定亲自到左公的府第，向左公的父母请安，到堂上拜见左夫人。

我的同宗前辈方涂山，是左公的女婿，和先父关系很好，说左公在监狱中讲的话，是他亲耳从史公那里听到的。

（方宁胜　撰）

田间先生墓表

方　苞

先生姓钱氏，讳澄之[1]，字饮光，苞大父行也[2]。苞未冠[3]，先君子携持应试于皖[4]，反过枞阳[5]，宿家仆草舍中。晨光始通，先生扶杖叩门而入，先君子惊问，曰：“闻君二子皆吾辈人[6]，欲一观所祈向[7]，恐交臂而失之耳[8]。”先君子呼余出拜[9]，先生答拜，先君子跪而相支柱[10]，为不宁者久之[11]。因从先生过陈山人观颐[12]，信宿其石岩[13]。自是，先生游吴越[14]，必维舟江干[15]，招余兄弟晤语，连夕乃去[16]。

先生生明季世[17]，弱冠时[18]，有御史某，逆阉余党也，巡按至皖[19]，盛威仪谒孔子庙[20]，观者如堵。诸生方出迎，先生忽前，扳车而揽其帷[21]，众莫知所为。御史大骇，命停车，而溲溺已溅其衣矣。先生徐正衣冠，植立昌言以诋之[22]，驺从数十百人[23]，皆相视莫敢动；而御史方自幸脱于逆案[24]，惧其声之著也[25]，漫以为病颠而舍之[26]。先生由是名闻四方。

当是时，几社、复社始兴[27]，比郡中主坛坫与相望者[28]，宣城则沈眉生[29]，池阳则吴次尾[30]，吾邑则先生与吾宗涂山及密之、职之[31]。而先生与陈卧子、夏彝仲交最善[32]，遂为云龙社，以联吴淞[33]，冀接武于东林[34]。

先生形貌伟然，以经济自负，常思冒危难以立功名。及归自闽中[35]，遂杜足田间[36]，治诸经，课耕以自给，年八十有二而终。所著《田间诗学》《田间易学》《庄屈合诂》及文集行于世。

先君子闲居，每好言诸前辈志节之盛以示苞兄弟。然所及见，惟先生及黄冈二杜公耳[37]。杜公流寓金陵[38]，朝夕至吾家。自为儿童捧盘盂以侍漱涤[39]，即教以屏俗学[40]，专治经书、古文，与先生所勖不约而同[41]。尔时虽心慕焉，而未之能笃信也。及先兄翻然有志于斯[42]，而诸公皆殁[43]，每恨独学无所取衷，而先兄复中道而弃余。每思父兄长老之言，未尝不自疚夙心之负也[44]。

二杜公之殁也，苞皆有述焉，而先生之世嗣[45]，远隔旧乡，平生潜德隐行，无从而得之；而今不肖之躯[46]，亦老死无日矣，乃姑志其大略[47]，俾兄子道希以告于先生之墓[48]；力能镌之，必终碣焉[49]。

乾隆二年十有二月望前五日[50]，后学方苞表[51]。

【题解】

这篇文章选自刘季高校点的《方苞集》卷十二，作于乾隆二年（1737），方苞时年七十。田间先生，即钱澄之（1612—1693），初名秉镫，字饮光，一字幼光，晚号田间、西顽道人，明末清初桐城人。明崇祯年间诸生，南明桂王时获授翰林院庶吉士，后归田隐居以终。平生交游广泛，诗文独树一帜，有《田间文集》《田间诗集》《藏山阁集》《田间易学》《庄屈合诂》等传世。墓表即墓碑，用来表彰死者，故称墓表。作为一种文体，指刻于墓碑，用以记述死者生前行谊的文章。

“田间”是钱澄之庐名，其《田间集自序》说自己在外游历十年回到家乡，回乡十年后才拥有庐室。它位于先人墓旁，占用一亩多瓜田建成，因庐室周边都是田野，取名“田间”。钱澄之与方苞父亲方仲舒关系密切，对方苞兄弟的成长影响甚大。

本文记述钱澄之一生大略，突出其在明末与逆阉余党作斗争的事迹，以见其志节之盛；由田间先生自降身份忘年相交，叙及黄冈二杜公对方氏兄弟的教诲与勉励。在作者的真情讲述中，一幅明清易代之际讲求气节的志士群像，自然生动地呈现出来。

【注释】

①讳：死者之名称讳。

②大父行：祖父辈。

③冠（guàn）：古代，男子二十加冠曰冠。方苞于康熙

二十五年（1686）由父亲方仲舒带领回安庆府参加考试，时年十七岁。

④应试：参加科举考试。

⑤反：同“返”，返回。枞阳：清代桐城县枞阳镇，今属安徽省枞阳县。

⑥吾辈人：同道。

⑦祈向：志向。

⑧交臂：把臂。

⑨拜：鞠躬，头与腰平。

⑩支柱：搀扶。

⑪宁：安。

⑫陈山人观颐：陈观颐，即陈度，字官仪，清代桐城人，处士。康熙至乾隆年间在世。工诗文，善书画。其父陈舫，凿石壁为屋，名曰石舫，与钱澄之所居北山楼相对，陈度亦居之，与钱澄之交好，日与四方名士饮酒吟诗于其间，权贵招之不至。山人：隐士。

⑬信宿：连住了两夜。

⑭吴越：泛指江浙二省。

⑮维：系。江干（gān）：江边，江岸。

⑯连夕：不止一个晚上。

⑰季世：末年。

⑱弱冠：古代，男子二十曰弱冠，言虽加冠而体犹未壮，勉强算“成人”。

⑲巡按：官名，此作动词用。

⑳盛：盛大。威仪：指巡按之冠服及仪仗。谒（yè）：拜见。

㉑帷（wéi）：车旁的帷幕。

㉒昌言：大声说话。诋（dǐ）：辱骂。

㉓驺（zōu）从：前后侍从的骑士。

㉔逆案：明思宗即位后，魏忠贤畏罪自杀，其同党都被定罪，时称逆案。

㉕其声：这一事件的消息。著：声张出去。

㉖漫：假装漫不经心。舍：放掉。

㉗几社：明末文社，主要成员有陈子龙、夏允彝、徐孚远、周立勋等人，结会于华亭（今上海市松江区）。复社：明末文社，由张溥等在吴县（今苏州市吴中区与相城区）创立，社名取“兴复古学，务为实用”之意。

㉘比郡：邻近之郡。坛坫（diàn）：本指诸侯会盟之处，此指文人结会之所。

㉙沈眉生：沈寿民（1607—1675），字眉生，号耕岩，宣城人，有《姑山遗集》三十卷和《剩庵诗稿》。

㉚池阳：指池州，宋朝曾名池阳郡，贵池是其下属县。吴次尾：吴应箕（1594—1645），字次尾，号楼山，贵池人。著有《国朝纪事本末》《留都见闻录》《楼山堂集》等。

㉛涂山：方文（1612—1669），字尔止，号涂山。密之：方以智（1611—1671），字密之，号鹿起，桐城人，明

崇祯十三年（1640）进士，与陈贞慧、冒襄、侯方域并称“四公子”。著有《物理小识》《通雅》等。职之：方其义（1620—1649），字直之，一字职之，方以智弟。著有《时述堂集》十卷、《时述堂遗诗》六卷等。

㉜陈卧子：陈子龙（1608—1647），字卧子，号大樽，松江华亭人（今属上海市）。崇祯十年（1637）进士，官至南京兵科给事中，抗清被捕，投河自尽。为几社首领，著有《陈忠裕公全集》。夏彝仲：夏允彝（？—1645），字彝仲，松江华亭（今属上海市）人。与陈子龙等共同组成几社，为“云间六子”之一。抗清失败，投水而死。

㉝云龙社：明末文人社团，由方以智、钱澄之发起，陈子龙、宋征舆等呼应，取云间（松江之别称）、龙眠（桐城之别称）地名首字合为社名，两地诗人相互唱和，交往密切。吴淞：地名，又名松江，为上海之门户、港口与军事要地。此借指以陈子龙为首的几社。

㉞冀：希望。接武：步履相接；承接。东林：即东林党，明万历年间，无锡名士顾宪成、高攀龙等讲学于东林书院，常集会讽议朝政，品评人物，形成以江南士大夫为主体的一个政治集团。

㉟及归自闽中：钱澄之曾在南明桂王政权任翰林院庶吉士，失败后回到故乡。闽中：泛指福建省。

㊱杜足田间：足不出自己的庐室“田间”。

㊲黄冈二杜公：指黄冈人杜濬、杜岕兄弟。杜濬

（1611—1687），字于皇，号茶村，湖广黄冈人。明崇祯副贡生，入清，隐居不出，侨居金陵四十余年。善诗文，著有《变雅堂集》。杜岕（1617—1693），字苍略，号些山。杜濬弟。明末诸生，侨居金陵，入清以遗民自居，著有《些山集》。方苞的祖父、父亲与杜氏兄弟交好，方苞与兄方舟曾随从他们游学。

㊳流寓：流落他乡居住。

㊴侍：侍奉。漱：漱口。涤：洗。

㊵屏（bǐng）：屏除。俗学：世俗流行之学。

㊶勖（xù）：勉励。

㊷翻然：亦作“幡然”，形容迅速转变。

㊸殁（mò）：死亡。

㊹疚：内疚。夙心：从前的心愿。负：违背。

㊺世嗣（sì）：后代。

㊻不肖：自谦的称呼。谓不如其祖先。

㊼姑：姑且。志：记。

㊽俾（bì）：使。

㊾碣（jié）：圆形的石碑，这里用作动词，即立碑于其墓道。

㊿乾隆二年：即公元1737年。望：农历每月十五日曰望。

51后学：后辈。表：墓碑亦称墓表，这里作动词用，即撰写墓表。

【译文】

先生姓钱，名澄之，字饮光，是我祖父一辈人物。在我尚未成年的时候，先父携带我们兄弟到安庆参加考试，返回途中经过枞阳，借宿在家中仆人的草屋中。早晨光线刚刚透亮，先生就拄着拐杖敲门进来。先父惊问，先生说："听说你的两个儿子都是我们同道中人，想见识一下他们的志向，担心失之交臂啊！"先父喊我出来拜见，先生以拜礼相答，先父跪着搀扶先生，为此心里不安了好长时间。于是随从先生去拜访隐士陈观颐，在他的石岩洞里住了两晚。从此，先生游历吴越，必定把船停在江边，召唤我们兄弟前去见面谈话，连续数晚才离去。

先生出生在明朝末年，不到二十岁时，有御史某人，是魏忠贤逆阉的余党，巡察来到安庆，排场盛大地拜谒孔庙，观看的人围成了一堵墙。一众生员出门迎接，先生忽然上前，拉住车头并揭开车帷，大家不知道他要干什么。御史非常惊骇，命令停车，而这时先生撒出的小便已经溅到了御史衣服上。先生从容整理一下衣冠，直立着大声对他斥骂，数十上百名随身侍从都相对而视，不敢妄动；而御史那时正庆幸自己从魏忠贤逆案中解脱出来，害怕这件事情声张出去，于是假装漫不经心地把先生当作疯癫的病人放掉了。先生由此名闻四方。

当此时，几社、复社刚刚兴起，邻近州县主持文坛与他们遥相呼应的人，宣城是沈眉生，池阳是吴次尾，我县是先生与我的同宗涂山及密之、职之。而先生与陈卧子、夏彝仲交谊最深，于是成立云龙社，以与吴淞的几社相联合，希望继承东林党的事业。

先生身形体貌壮伟，以经世济民为己任，一直想冒着危难建立功名。等到从闽中归来，便足不出自己的庐室“田间”，研究各种儒家经典，以授课耕种维持生活，八十二岁去世。所著有《田间诗学》《田间易学》《庄屈合诂》及文集流传于世。

先父闲居时，常喜欢谈论前辈们非凡的志向节操给我们兄弟听，然而我们亲眼见过的，只有先生和黄冈的两位杜公。杜公寓居金陵，时常到我家，我们从儿时起就捧着圆盘方盂侍奉他们洗漱，他们就教导我们摒弃俗学，专心研治经书、古文，与先生对我们的勉励不约而同。当时虽然内心仰慕他们，但是没能坚信他们的话，等到先兄猛然醒悟有志于此，而各位先生都已经去世了，常为独自学习无人请教而感到遗憾，而先兄又半途弃我而去。每每想起父兄和各位前辈的话，未尝不为辜负了他们对我的期望而感到内疚。

两位杜公去世的时候，我都有文章记述，而先生的后代远在故乡，先生平生不为人知的美好德行，无法去了解，而现在我的生命，也来日无多了，于是姑且记下先生大致的事迹，让我兄长之子道希以此祭告于他的墓前；若有能力镌刻，将来一定要把这篇文章刻在碑碣上。

乾隆二年十二月初十日，后学方苞撰。

（方宁胜　撰）

良弼桥记

张廷玉

秋七月，里门书来[1]，知东门石桥于六月讫功[2]，行旅往来称便，予心喜之。

吾邑沿山溪为城，城之东门为七省孔道[3]，而大溪当其冲[4]，旧有石桥，倾毁近百年矣。自康熙戊申邑令胡公建木桥以利涉[5]，每山水大至，桥辄坏。凡樵苏之出入城市[6]，及驿使、宦游、商贾之有事于江楚闽粤者，往往阻绝不得渡。予为诸生时，见而心伤之，蓄愿作石桥以利行人，顾工费浩繁[7]，力有未逮[8]，徒时时往来胸臆间。

雍正十一年[9]，蒙世宗宪皇帝念先太傅文端公旧学积勋[10]，命祀于京师之贤良祠，又赐祭于本籍，命廷玉归里躬襄祀典[11]，复赐万金为祠祀费。恩隆礼重，无与为比。祠事既毕，尚余赐金之半，因念所以广君恩，惠行旅，而慰夙愿者，莫若东门之桥矣。乃嘱弟、侄、外甥辈经理其事，并择方外人之精修苦行及仆之服勤向义者赞襄之[12]。

今阅来书云：从前之桥所以易毁者，由溪身悉淤沙积砾，橛下不得深[13]，每雨猛蛟起[14]，辄随波以逝。今则掘沙见土，深入地中丈许，悉以檿衔巨石奠其底，上建石矶六，矶垒石为层，铸铁轴以键。上下石交处，又为铁铤以合之[15]，并融树汁米沈[16]，杂黄壤白垩[17]，以实其罅[18]。桥身长十五丈，广一丈五尺，左右周以石栏，东西建二亭，以憩民之避风雨、施茗浆者[19]。溪之两涯垒巨石为岸[20]，高一丈，西长十有六丈，东长八丈，用御水冲，兼以卫桥。经始于雍正乙卯年正月[21]，落成于乾隆丁巳年六月[22]，为期三年，为费六千三百。里人乐之，名桥曰“良弼”，盖取世宗皇帝赐书“调梅良弼”之额[23]，以为予功。

予念非圣主恩赐之便蕃[24]，则费无所资；非先太傅之崇祀，则予无由经始；非亲族子弟暨在工之人同心共力，则桥未易成，即成亦未必其坚致若此。今既讫功，而独归美于予，予实赧焉[25]。因记一时之好善乐施、鸠工庀材之人[26]，以见兹桥之成，非予一人力也。其相度形势、筹画机宜、总司工费者[27]，则吾弟廷珧，吾侄若潭、若霨、若泌、若霍，侄孙曾启，外甥姚孔鈏也。指示匠作，劝课工程，三年如一日者，则僧昆山、秀峰也。不避寒暑，奔走督察，俾各工踊跃趋事，克期告竣者[28]，则吴兴老仆詹大、吾家世仆方大之力居多。既成，而吾侄若震又立四石柱于上流，以杀水势[29]。吾姊姚太恭人及吾侄妇姚恭人共捐千金[30]，沿溪筑堤，以卫民居，是又好行其德而为兹桥计久远之美意也。爰详为之书[31]。

【题解】

这篇文章选自《澄怀园文存》卷十，作于乾隆二年（1737）十二月，后亦载于张廷玉《澄怀园自订年谱》。

桐城东门龙眠河上，旧有木桥，宋末元初邑人方德益捐建石甃桥，名曰“桐溪桥”，后毁废，仍立木桥。清雍正末年，“小宰相”张廷玉以皇帝所赐其父大学士张英祠祀费结余部分，新建石桥一座，连通龙眠河东西交通。乡人感其德，将其命名为“良弼桥”，即今“紫来桥”前身。2012年冬，在紫来桥防洪工程建设现场，发掘出石碑一块，题为《良弼桥碑记》。此碑立于乾隆二年，为本县绅民公立。文中感叹张廷玉的仁德，称该桥为“一邑之壮观，千秋之普利也”。乾隆间桐城诗人姚兴泉又有《龙眠杂忆》小令赞誉道：“桐城好，桥跨大河滨。捐俸经营赖良弼，筑堤防御有恭人。七省是通津。”可与本文相印证。

张廷玉此文着重记载良弼桥修建始末，条理分明，详略得当，既具“义法”之严，又可见作者身处庙堂、心怀百姓的宽广胸怀。

【注释】

①里门：闾里的门。古代同里的人家聚居一处，设有里门。后用为家乡的代称。

②讫功：亦作“讫工”，完工。

③七省：这里指直、豫、鲁、皖、鄂、赣、粤七省。

孔道：通道，必经之道。

④冲：交通要道。

⑤康熙戊申：康熙七年（1668）。胡公：即胡必选，湖北孝感人。顺治十六年（1659）进士，康熙六年至十四年任桐城知县，任内曾主修《桐城县志》。

⑥樵苏：砍柴割草的人。

⑦顾：但是，只是。

⑧逮：达到。

⑨雍正十一年：公元1733年。

⑩世宗宪皇帝：即雍正皇帝。世宗是他的庙号，宪皇帝是他谥号的简称。太傅：古代官名，始置于西周，位列三公。明清时则为赠官，加衔之用，并无实职。旧学：此处旧学相当于宿学，指学识渊博，修养有素。积勋：累积的功劳。

⑪躬襄：意为亲自协助举行祀典。襄，帮助，协助。

⑫服勤：服持职事勤劳。向义：归附正义。赞襄：辅助，协助。

⑬橛（jué）：木桩。

⑭蛟：传说中能发洪水、形体似龙的一种动物。此代指洪水。

⑮铁铤：用铁熔铸成固定形状的条块。

⑯米沈（shěn）：米汁。

⑰白垩（è）：白土，石灰岩的一种，白色，质软而轻。

⑱罅（xià）：缝隙。

⑲茗浆：茶水。

⑳涯：边际，边缘。

㉑雍正乙卯年：雍正十三年（1735）。

㉒乾隆丁巳年：乾隆二年（1737）。

㉓调梅：用盐梅调味，使食物味美。喻指宰相执掌政柄，治理国家。梅：味酸，古代调味品。良弼（bì）：贤能的辅佐者。雍正七年（1729）七月十一日，雍正皇帝赐张廷玉“调梅良弼”匾额，表扬他是优秀的辅佐大臣。

㉔便蕃：亦作“便烦”“便繁”，意为频繁、屡次。

㉕赧（nǎn）：因羞愧而脸红。

㉖鸠（jiū）工庀（pǐ）材：招聚工匠，筹集材料，指土木工程兴建前的准备工作。

㉗筹画：谋划。机宜：依据客观形势所采取的对策。司：掌管，操作。

㉘克期：约定或限定日期。

㉙杀：抑制，减缓。

㉚姚太恭人：即张英长女，张廷玉之姊，姚士黉之妻。姚恭人：姚太恭人之女，张廷玉侄子张若霈之妻。恭人：古代命妇封号之一。明清时期，四品官员之妻的封号。如系封赠四品官之母或祖母则称太恭人。清制，宗室之奉恩将军妻亦封恭人。

㉛爰（yuán）：于是，就。

【译文】

秋季七月，我收到家乡的来信，得知东门石桥在六月已经建成，往来行人都说方便，我心里十分高兴。

我县沿山溪建城，县城的东门是通达七省的交通要道，而大河正处在东门要冲，过去这里有一座石桥，倒塌毁坏将近百年了。自从康熙七年县令胡公修建木桥以方便过河，每当山洪骤至，木桥就会被冲坏。凡是樵夫山民进出县城，以及邮差、官员、商人因事要到江苏、湖北、福建、广东，常常被阻隔不能过河。我还是秀才时，见此情景即心生忧伤，立下志愿建座石桥以方便行人，只是建桥费用巨大，力不从心，只能时常在心里思量这件事。

雍正十一年，承蒙世宗宪皇帝念及已故太傅文端公学识渊博、功勋卓著，下令于京城贤良祠设位祭祀，又敕祭于本籍，命令廷玉回乡协助举行祭祀典礼，赏银万两作为立祠祭祀的费用。恩德的深厚，礼仪的隆重，无与伦比。祠祭之事既毕，还剩一半赐金，由此想着要普施皇帝的恩惠，以方便商旅行人，而达成我一直以来的心愿，莫过于用这笔钱修建东门石桥了。于是嘱托弟弟、侄子、外甥们经办这件事，并且挑选精修苦行的僧人以及勤快正直的仆人从旁协助。

现在读到来信说：从前的木桥之所以容易损坏，是因为河床全都淤积了泥沙碎石，木桩往下打不到深处，每当降雨猛烈，洪水暴发，木桩就随着波涛冲走。现在挖去泥沙，见到土层，向地下深挖约一丈，都用木桩夹住巨石放置在底部，上面建起六座石墩，石墩逐层垒积石块，铸造铁轴将它们固定住。上下连接的部分，又用铁条扣合起来，并且调和树脂和糯米汁，混合黄土和白石灰，塞在它的缝隙处使其更加坚固。桥身全长十五丈，宽一丈五尺，两边用石栏杆围起，桥东、西共建二亭，供老百姓躲避风雨、施予茶水时歇息。河流两侧垒巨石为岸，高一丈，西边长十六丈，东边长八丈，用来抵御洪水冲刷，同时保护桥梁。这项工程开始于雍正十三年正月，落成于乾隆二年六月，总共用了三年时间，花费六千三百两银子。乡亲们为石桥完工感到高兴，取名“良弼”，意思取自雍正皇帝赐书“调梅良弼”匾额，认为是我的功劳。

我想不是皇帝的恩赐，那么建桥的经费就没有着落；不是已故太傅隆重的祭典，那么我就没有机会启动这项工程；不是亲族子弟和工程参与者同心协力，那么桥就不容易建成，即使建成了也未必如此坚固。现在桥已经建好，却只将美名归到我名下，我实在感到惭愧啊。因此记下其间乐善好施、贡献力量之人，以示这座桥的建成，不是我一个人的功劳。其中观察测量地势、策划施工方案、掌管工程费用的人，是我弟弟廷珖，我的侄子若潭、若霨、若泌、若霍，侄孙曾启，外甥姚孔锏。负责指导工匠，鼓励督促施工，三年如一日努力不懈的，是僧人昷山、秀峰。不惧寒冷暑热，奔走督察，使各位工匠各尽其责，确保按期竣工的，以吴兴老仆詹大、我家世仆方大出力居多。石桥建成后，我的侄子若震又在上游立了四根石柱，以减缓河水的冲击力。我姐姐姚太恭人以及侄媳姚恭人共同捐出银钱千两，沿河修筑堤防，以护卫民众的房屋，这又是她们乐于施德，而希望这座桥能够久存的好意。于是详细地把它记下来。

（方宁胜　撰）

游碾玉峡记[1]

刘大櫆

去桐城县治之北六里许[2]，为境主庙[3]。自境主庙北行，稍折而东，为东龙眠。山之幽丽出奇可喜者无穷，而最近治[4]、最善为碾玉峡。

峡形长二十丈。溪水自西北奔入，每往益杀[5]，其中旁掐迫束[6]，水激而鸣，声琮然[7]，为跳珠喷玉之状[8]。又前行，稍平，乃卒归于壑。旁皆石壁削立，有树生石上，枝叶纷披，倒影横垂，列坐其荫，寒入肌骨[9]。

予与二三子扪萝陟险[10]，相扳联以下[11]，决丛棘[12]，芟秽草[13]，引觞而酌[14]。既醉，瞪目相向[15]，恍惚自以为仙人也。噫！方余客匀园时[16]，张君渭南为余言此峡之胜[17]，因约与游。余神往[18]，以不得即游为憾。今之游，渭南独不与[19]，人生之会合，其果有常乎？桐虽予故里，然予以饥驱[20]，方欲奔走四方，则其复来于此，不知在何日。今未逾年遂两至，盖偶也[21]，而独非兹山之幸与[22]！

【作者小传】

刘大櫆（1698—1779），字才甫，一字耕南，号海峰，桐城人。清代文学家。诸生，雍正时两举副贡生，乾隆间应博学鸿词科，皆未成。晚年任安徽黟县教谕数年。后归里，落寞以终。刘大櫆为桐城派创始人之一，论文强调神气、音节、字句的统一，重视散文的艺术表现，这对方苞的文论是一个发展。为文以才气著称，语言条畅，富有文采；内容多怀才不遇之感，于时弊亦间有指摘。方苞初见其文，极为叹服，说："如苞何足算焉！邑子刘生，乃国士尔。"由此声誉大起。兼工诗，气格苍劲，颇为时人所称道。著有《刘海峰诗文集》《论文偶记》等。

【题解】

这篇文章选自吴孟复标点的《刘大櫆集》卷九，作于康熙六十年（1721）。

桐城派作家擅长写"小文章"。这些"小文章"语言清真雅洁，用笔伸缩有度，章法周致完密，造境清淡隽永。刘大櫆的这篇游记，就是"小文章"的代表作之一。凡"小文章"的诸多艺术特点，文中均有集中体现。

刘大櫆通过这种小中见大的写法，为读者充分展示了碾玉峡"幽丽出奇"的风光，字里行间，饱含着对家乡山水的无比热爱，可谓字字珠玑，引人入胜，极富艺术感染力。

【注释】

①碾玉峡：位于今桐城市区北3公里的龙眠山，峡长61米，分峡谷、峡口两部分。

②县治：县城。许：表约数。

③境主庙：在龙眠山口。

④近治：靠近县城。

⑤益杀：意思是说峡的宽度越来越紧缩。益，更加。杀，减，减缩。

⑥掐（qiā）：手握，引申为束缚。意思是说两旁山崖限制着水，水被迫束而激起。

⑦琮（cóng）然：形容水石相击之势。

⑧跳珠喷玉：比喻水被束缚而激起浪花，有如珠玉在跳动。

⑨寒入肌骨：形容环境清凉幽静。肌骨，肌肉与骨骼。

⑩二三子：指同游的几个人。一般用指平辈或晚辈。扪萝：攀援葛藤。陟（zhì）：登高。

⑪扳（pān）联：援引。“扳”同“攀”。

⑫决：除去壅塞。丛棘：成丛的荆棘。

⑬芟（shān）：除草。秽草：杂草，恶草。

⑭引觞（shāng）：举杯。

⑮瞪目：直视；睁眼愣视。

⑯客：作客，客居。作动词用。勺园：原为张杰旧业，刘大櫆曾受聘在此教书。后为方宗诚购得。

⑰张君：张筠（1693—1766），字渭南，号瓯舫，清代桐城人。举人。乾隆二年（1737），考取内阁中书，后补授内阁中书舍人，钦差户部富新仓监督。

⑱神往：心向往着。

⑲不与：没参与，不在内。

⑳饥驱：比喻为衣食而奔波。

㉑偶：偶然。

㉒与：同“欤”。

【译文】

距离桐城县城北边约六里，为境主庙。从境主庙向北行，逐渐转弯向东，为龙眠山的东边。这山东边幽美奇妙而可爱的风景层出不穷，而离县城最近、风景最美的地方为碾玉峡。

峡长有二十丈。溪水从西北方向奔腾入峡，随着流水的深入，峡的宽度越来越窄，溪水受到束缚，与石相搏，有如敲击玉器发出的声响；而水花四溅，又如珠玉在跳动。溪水继续前行，所经峡地稍平，最终全部流入大壑。峡的两边石壁陡峭，有树生在石上，枝叶纷披，倒影横地，依次挨坐在树荫下，寒意透入肌骨。

我与同来的几个人攀藤探险，相互牵引而下，除掉丛生的荆棘，割掉杂草，然后举杯畅饮。待到喝醉了，彼此睁眼愣视，恍惚以为自己是仙人。唉！当我客居勺园教书时，张君渭南对我介绍说此峡很美，并约我去游览。我当时听后即很向往，为不能立即去游而深感遗憾。但今日到此游览，渭南却又因故未来，人生的会合，真的有什么规律性吗？桐城虽是我的故乡，但我为衣食所迫，正要奔走四方，这样再来此地，不知在哪一天了。现在还不到一年的时间就两次来游，大概是偶然的吧，但这难道不是此山的幸运之处么！

（汪茂荣　撰）

游晋祠记[1]

刘大櫆

太原之西南八里许，有周叔虞祠[2]。祠西为悬瓮山，山之东麓有圣母庙[3]，其南又有台骀祠[4]，子产所谓汾神也[5]。

有泉自圣母神座之下东出，分左右二道。居人就泉凿二井，井上为亭，槛以覆之。今左井已湮，泉伏流地中。自井又东，沮洳隐见[6]，可十余步，乃出流为溪。浸水洄洑[7]，绕祠南，初甚微，既远乃益大，溉田殆千顷。水碧色，清泠见底，其下小石罗布，视之如碧玉，游鱼依石罅往来甚适。水上有石桥，好事者夹溪流曲折为室如舟。左右乔木交荫，老柏数十株，大皆十围[8]，其中厕以亭台佛屋[9]，彩色相辉映。月出照水尤可爱。溪中石大者如马，如羊，如棋局，可坐。予与二三子摄衣而登，有童子数人咏而至，不知其姓名，与并坐久之。山之半有寺，凿土为室，缭曲宏丽。累石级而上，望之，墟烟远树，映带田塍如画。

《山海经》云："悬瓮之山，晋水出焉。"[10]周成王封弱弟于唐[11]，地在晋水之阳，后遂名国为晋。既入赵氏[12]，称晋阳。昔智伯决此水以灌赵城[13]，而宋太祖复因其故智以平北汉[14]。甚哉，水之为利害也！唐高祖盖以唐公兴[15]，尝祷于晋祠，既定天下，太宗亲为铭而书之立石，以崇叔虞之德。今其石在祠东，又其东为宋太平兴国之碑[16]。

是来也，余兄奉之官徐沟[17]，余偶至其署，因得纵观焉。念余之去太平兴国远矣，去唐之贞观益远矣，溯而上之，以及智伯及叔虞，又上之，至于台骀金天氏之裔[18]，茫然不知在何代。太原之去吾乡三千余里，久立祠下，又茫然不知身之在何境。山川常在，而昔之人皆已泯灭其无存。浮生之飘转无定，而余之幸游于此，无异鸟迹之在太空。然则士之生于斯世，虽能立振俗之殊勋，赫然惊人，与今日之游一视焉可也[19]，其孰能判忧喜于其间哉！于是为之记。

【题解】

本文选自吴孟复点校的《刘大櫆集》卷九。

刘大櫆早年曾谋求入仕，无奈命运不佳，屡遭挫折。为生活计，先后到浙江、湖北、山西等地为学幕。功业成虚、人生颠顿，致其内心常积郁愤。此番游历晋祠，于叙写晋祠风物、掌故之外，兴寄内心感慨，透露出功业人生归于虚幻的悲观情绪，既是对于这篇游记神意的点染，也是借题发挥，抒写人生失意的伤感。

从游记的角度来说，刘大櫆绘写了一幅布局精巧而又意蕴深浓的图画。作者以水为脉，勾染出三层画意。一在自然风物。从一脉隐泉，到出流为溪，到既远益大，串起晋水夹岸千姿百态的风貌，形色鲜朗，栩栩生神。二在历史兴革。自周初兴国，到三家分晋，以至于宋唐国运肇始，皆因晋水而成就利害，则使这幅画卷浸润上一层深浓的色调。三在时空旷渺。山川常在，而人生飘转，功业转瞬，令人感慨良深，又使之氤氲出幽远的况味。作者层层着色，以虚虚实实的笔法勾勒其神髓，笔墨简约，章法从容，而又有奇荡之气、疏朗深阔之境。

【注释】

①晋祠：在山西省太原市西南悬瓮山下晋水发源处，初名唐叔虞祠，始建于北魏前，为纪念周代晋国开国君主唐叔虞而建造，是中国现存最早的皇家祭祀园林。内有圣母殿、唐叔虞祠、鱼沼飞梁、水母楼，以及周柏唐槐和难老泉等名胜古迹。

②叔虞：周武王次子，周成王同母弟。成王封叔虞于唐，故叔虞亦称唐叔虞，是周代晋国的始祖。

③圣母庙：即圣母殿，是北宋年间为叔虞之母邑姜修建的殿堂，内中圣母像及四十二尊侍女塑像，为我国古代彩塑珍品。

④台骀（tái）祠：台骀是传说中古帝王少昊的后裔，为水官之长，被颛顼帝封于汾川，子产认为他就是汾水之神。

⑤子产：姬姓，公孙氏，名侨，字子产，谥成子，春秋时期著名政治家、思想家。先后辅佐郑简公、郑定公施行改革，使郑国呈现中兴局面。

⑥沮洳（jù rù）：潮湿的泥沼。

⑦洄洑（fú）：盘旋曲折。

⑧围：量词，伸开两臂合抱的长度。

⑨厕：杂置。佛屋：安置佛像的地方，一般空间较小。

⑩《山海经》：古代地理著作，共十八篇，作者不详。书中内容主要是传说中的地理知识，其中有不少远古的神话传说。“悬瓮”二句出自《山海经·北山经》。

⑪周成王：周武王之子，姬姓，名诵。武王死后，因成王年幼，由叔父周公旦摄政。成王亲政后分封诸侯，封其弟叔虞于唐。弱弟：幼弟。唐：古国名，其地在今山西省翼城县西，后为周成王所灭。

⑫既入赵氏：春秋末，晋国被韩、赵、魏三家族所分，旧唐地归属赵氏。

⑬智伯决此水：智伯为晋国正卿，向韩、赵、魏三家族强要土地，独赵氏不与，智伯率韩、魏攻赵，引汾水灌晋阳。

⑭北汉：五代十国时期十国里最后一个政权，都城在晋阳。开宝二年（969）宋太祖赵匡胤率兵伐北汉，围晋阳，引汾河水灌城。

⑮唐高祖：唐朝开国皇帝李渊，隋朝时袭封唐国公，

留守太原。隋大业十三年（617），乘各路豪强起义之机，起兵反隋，攻入长安，建立唐王朝。李渊起兵时曾到晋祠祈祷。

⑯太平兴国：宋太宗赵炅（jiǒng）年号（976—984）。

⑰奉之：即刘大宾，字奉之，号螺峰，刘大櫆长兄。清雍正十三年（1735）举人，授山西徐沟知县。徐沟：旧县名，在山西省中部，其治在今太原市清徐县徐沟镇，离晋祠东南不远。

⑱金天氏：即传说中古帝王少昊，黄帝的长子，东夷部落首领，号金天氏。台骀是金天氏的后裔。

⑲一视：同等看待。

【译文】

太原城西南大约八里的地方，有座周叔虞祠。祠的西面是悬瓮山，悬瓮山东边山脚有圣母庙，圣母庙南又有台骀祠，祭祀的是子产所说的汾水之神。

有泉水从圣母神像的底座下向东流出，分成左右两道。当地居民依泉水开凿出两方水井，井上建成亭子，设置栏杆来围护。现在左边的井口已经湮没，泉水暗流在地下。从水井再向东，泥沼上的水迹隐隐可见，过了十余步，又露出水流成为明溪。匍匐在地面上的水流盘旋曲折，绕到圣母祠南边，一开始很细微，越往远水流越大，灌溉田亩约千顷。水色澄碧，清澈见底，水下散布着细石，看起来就像一粒粒宝珠，游鱼在石缝间往来游动，十分自在。水上有座石桥，人们沿溪流两岸曲曲折折地建起了房子，就像一只只泊在水面的小船。两岸高大的树木浓荫交蔽，古柏树达几十株，粗壮得都在十人合抱以上，其间杂置亭台佛屋，缤纷的色彩交相辉映。月出之后，月光映在水面上的景象尤其可爱。溪中的大石块像马，像羊，又像用心布设的棋局，上面可坐人。我和两三位友人收束衣襟，踩着溪石前行。这时，有几位少年唱着歌来了，不知道他们姓甚名谁，但还是陪着他们在一起坐了很久。半山上有寺庙，靠开凿山壁建成殿宇，依山势曲折错落，气象宏伟壮丽。我们踩着石头垒成的台阶一步步向上，来到高处，向远方眺望，则见村落人烟，远树如影，点缀在田畴之间，映带如画。

《山海经》里记载："悬瓮山，是晋水源出之地。"周成王当初把自己的幼弟叔虞分封在古唐国，其地在晋水北面，后来就改国号为晋。韩、赵、魏三家分晋后，其地归赵国，称作晋阳。早年智伯决开晋水淹没赵国城池，而后宋太祖又沿用老办法铲平北汉政权。晋水带来的利与害，真是令人惊叹！唐高祖以唐国公的身份起事时，曾到晋祠祈祷，平定天下之后，唐太宗亲自书写铭文，刻石立碑，以颂扬叔虞护佑之恩。现在那方石碑就在祠的东边，再向东是宋太宗太平兴国年间的石碑。

我这次来，是由于我的兄长奉之任官徐沟，因偶然的机会到他的官署，于是得以尽意游览晋祠。心里想着自己距离太平兴国年间很远了，距离唐贞观年间更远了，再向上追溯到智伯以及叔虞时期，又向上到台骀金天氏时期，则杳渺迷茫，不知在什么时代了。太原城距我的家乡三千余里，久立祠下，又心中茫然不知身在何地。山川常在，而当初之人都已湮没不存。人生飘零转徙无有定止，我有幸来游此地，就像鸟儿飞过太空一样。那么一个士人生活在自己的时代，即使能立下改造社会的不世功勋，显赫惊人，也不过是空留痕迹，和我今天的游览是一样的，谁又能于其间判别出是忧还是喜呢！于是写下了这篇游记。

（汪文涛　撰）

登泰山记

姚鼐

泰山之阳[1]，汶水西流[2]；其阴[3]，济水东流[4]。阳谷皆入汶[5]，阴谷皆入济；当其南北分者，古长城也[6]。最高日观峰[7]，在长城南十五里。

余以乾隆三十九年十二月[8]，自京师乘风雪，历齐河、长清[9]，穿泰山西北谷，越长城之限[10]，至于泰安。是月丁未[11]，与知府朱孝纯子颍[12]由南麓登。四十五里，道皆砌石为磴，其级七千有余。泰山正南面有三谷。中谷绕泰安城下，郦道元所谓环水也[13]。余始循以入，道少半[14]，越中岭，复循西谷，遂至其巅。古时登山，循东谷入，道有天门[15]。东谷者，古谓之天门溪水，余所不至也。今所经中岭及山巅，崖限当道者[16]，世皆谓之天门云。道中迷雾冰滑，磴几不可登[17]。及既上，苍山负雪，明烛天南[18]；望晚日照城郭[19]，汶水、徂徕如画[20]，而半山居雾若带然[21]。

戊申晦，五鼓[22]，与子颍坐日观亭，待日出。大风扬积雪击面。亭东自足下皆云漫[23]。稍见云中白若樗蒱数十立者[24]，山也。极天云一线异色[25]，须臾成五采。日上，正赤如丹[26]，下有红光动摇承之[27]，或曰，此东海也[28]。回视日观以西峰，或得日或否，绛皓驳色[29]，而皆若偻[30]。

亭西有岱祠[31]，又有碧霞元君祠[32]；皇帝行宫在碧霞元君祠东[33]。是日观道中石刻，自唐显庆以来[34]；其远古刻尽漫失[35]。僻不当道者，皆不及往。

山多石，少土，石苍黑色，多平方，少圜[36]。少杂树，多松，生石罅[37]，皆平顶。冰雪，无瀑水，无鸟兽音迹。至日观数里内无树，而雪与人膝齐。桐城姚鼐记。

【题解】

这篇文章选自《惜抱轩文集》卷十四，是姚鼐在乾隆三十九年（1774）末辞官归里，路过泰安，与好友朱子颍同上泰山，然后根据一路的游历所得而写的一篇游记。

姚鼐于散文创作强调义理、考证、文章三者的统一，此文可说是体现这一主张的典范之作。就考证论，一路所记泰山的地理形势、登山路径，均确然有据，不凿空而谈，具见其考证功力。却又用笔节制，点到即止，一切皆服务于文章的清真雅洁之美。这是散文家的考证。同汉学家动辄下笔不休、拖沓累赘的学者式考证，是大异其趣的。就文章论，文中写日暮登山所见日出的景观，气象万千，真实生动，色彩鲜明，极富特征性，给人以身临其境、无限神往之感。有人评论姚鼐文章富有神韵，即此可见一斑。而贯穿在这一切考证之确、文章之美中的，则是儒家的“仁者乐山，智者乐水”的义理。其义理虽予人以深刻的感受，却又如盐着水，不见形迹，一切皆通过具体的文学形象来体现、来感人。这又与理学家文章的空谈义理，相去不啻霄壤。

正因为将义理、考证、文章结合得天衣无缝，故后人惊叹此文“典要凝括”，“读此益服其状物之妙”（黎庶昌《续古文辞类纂》卷二十五），甚至断言：“具此神力，方许作大文。世多有登岳辄作游记自诧者，读此当为搁笔。”（王先谦《续古文辞类纂》卷二十四）

【注释】

①阳：山的南面为阳。

②汶（wèn）水：即大汶河。发源于山东莱芜县东北的原山，流经泰安。

③阴：山的北面为阴。

④济水：又称沇水。发源于河南济源附近的王屋山，流经山东。但在清代中期，流经山东的一部分已为黄河所占。

⑤阳谷：此处指南面山谷流下的溪水。

⑥古长城：战国时期齐国沿着黄河依泰山而修筑的长城。

⑦日观峰：泰山顶峰，其上筑有日观亭，为观日出的最佳之地。

⑧乾隆三十九年：即公元1774年，姚鼐时年四十三岁。

⑨齐河、长清：皆为山东县名，在济南西，即今德州市齐河县、济南市长清区。

⑩限：门槛，引申为阻隔。

⑪丁未：二十八日。

⑫朱孝纯：字子颍，号海愚、思堂，隶奉天汉军正红旗，山东历城（旧属东海郡）人。曾任泰安知府、两淮盐运使等职。为刘大櫆弟子，与姚鼐为同门挚友。工诗善画，著有《海愚诗钞》。

⑬郦道元（约470—527）：字善长，范阳涿县（今属河北）人。北魏著名的地理学家、散文家。历任御史中尉、关右大使等职，后遭杀害。所撰《水经注》，为具有很高文学价值的地理学名著。环水：指泰安的护城河。《水经注·汶水》："北合环水，水出泰山南溪。"

⑭少（shǎo）：稍微。

⑮天门：泰山古时有东、南、西三天门。

⑯崖限：山崖如同门槛。

⑰磴（dèng）：山路的石级，泛指石阶。

⑱烛：照耀。

⑲城郭：内城与外城，此处泛指城垣。

⑳徂徕（cú lái）：山名，在泰安城东南四十里。

㉑居雾若带然：停留着的云雾像带子一样。

㉒戊申：这一年的十二月二十九日。晦：农历每月最后一天为晦。五鼓：五更天。

㉓云漫：云雾弥漫。

㉔稍：逐渐。樗蒱（chū pú），古代一种赌博游戏的

器具，类似后来的骰子，因最初是以樗木制成，故称之为“樗蒱”。

㉕极天：天边，天的尽头。

㉖正赤如丹：纯红有如朱砂。

㉗承：接。

㉘东海：泛指东方的海。

㉙绛皓（jiàng hào）驳色：红白相杂的颜色。绛，深红色。皓，白色。驳，掺杂。

㉚偻（lǚ）：俯身曲背。

㉛岱祠：祭祀泰山之神东岳大帝的庙宇。岱，泰山又名“岱宗”。

㉜碧霞元君祠：宋真宗时，封传说中的东岳大帝之女为天仙玉女碧霞元君，并建祠祭祀。

㉝皇帝行宫：清乾隆帝曾到泰山“封禅”，住于此。行宫，皇帝出行时的住所。

㉞显庆：唐高宗李治的年号（656—661）。

㉟漫失：磨损缺少。

㊱圜（yuán）：同“圆”。

㊲石罅（xià）：石缝。

【译文】

泰山的南边，汶水向西流；北边，济水向东流。南边山谷的溪水皆汇入汶水，北边山谷的溪水皆汇入济水。作为南北山谷分界的地方，就是古长城。泰山的顶峰日观峰，就在长城南边十五里的位置。

我于乾隆三十九年（1774）十二月，从京城冒着风雪，经齐河、长清县，穿过泰山西北山谷，越过长城的阻隔，到达泰安。这个月二十八日，与知府朱孝纯子颍从泰山南边的山脚下向上攀登。沿途四十五里，皆以石头砌成台阶，有七千多级。泰山正南面有三个山谷。中间山谷的水环绕泰安城，即是郦道元所说的环水。我开始是沿着中间的山谷入山，走了将近一半，越过中岭后，又沿着西边的山谷走，就到达了山顶。古时候登山，是沿着东面的山谷进去，路上有个天门。东面的山谷，就是古时所说的天门溪水，我没到那个地方。我现在所经过的中岭及山顶，有像山崖、像门槛一样横在路上的，人们都叫它天门。一路上大雪弥漫，冰冻溜滑，石阶几乎不可攀登。等到登上山顶，只见青山覆盖着白雪，明晃晃地照亮了南面的天空；遥望夕阳照耀着泰安城郭，汶水、徂徕山好似一幅美丽的山水画，而半山腰停留的云雾就像一条飘动的带子一样。

二十九日五更天，与子颍坐在日观亭等待日出。大风扬起积雪扑到了脸上。亭子东边自脚以下皆云雾弥漫，渐渐看见云中有几十个白色的像骰子一样立着的东西，那是山峰。天边的云中有一线奇异的颜色，片刻之间就五颜六色。太阳升上来了，红得像朱砂一样，下面有红光晃动摇荡托承着它，有人说，这是东海。回头看日观峰以西的山峰，有的被日光照到，有的没照到，或红或白，颜色错杂，都像弯腰曲背的样子。

亭子的西面有岱祠，还有碧霞元君祠；皇帝的行宫在碧霞元君祠的东面。这一天，所观看的路上的石刻，都是唐显庆年间以来的；那些更古老的石刻皆已经磨损缺失。而偏僻不在路边的石刻，都来不及去看了。

山上石头多，泥土少，石头皆为青黑色，大多是平的、方形的，很少有圆形的。杂树很少，大多是松树，松树都生长在石头缝里，树顶是平的。四处都是冰雪，没有瀑布，没有飞鸟走兽的声音和踪迹。到日观峰几里路以内都无树木，而积雪却厚得同人的膝盖相平齐。桐城姚鼐记述。

（汪茂荣　撰）

游媚笔泉记

姚　鼐

桐城之西北，连山殆数百里[1]，及县治而迤平[2]。其将平也，两崖忽合，屏矗墉回[3]，崭横若不可径[4]。龙溪曲流[5]，出乎其间。

以岁三月上旬[6]，步循溪西入。积雨始霁[7]，溪上大声漎然[8]，十余里，旁多奇石、蕙草、松、枞、槐、枫、栗、橡[9]，时有鸣嶲[10]。溪有深潭，大石出潭中，若马浴起，振鬣宛首而顾其侣[11]。

援石而登，俯视溶云[12]，鸟飞若坠。复西循崖可二里[13]，连石若重楼，翼乎临于溪右[14]。或曰："宋李公麟之'垂云沜'也[15]。"或曰："后人求公麟地不可识，被而名之[16]。"石罅生大树[17]，荫数十人[18]，前出平土，可布席坐[19]。南有泉，明何文端公摩崖书其上[20]，曰"媚笔之泉"。泉漫石上为圆池，乃引坠溪内。

左丈学冲于池侧方平地为室[21]，未就，要客九人饮于是[22]。日暮半阴，山风卒起[23]，肃振岩壁，榛莽、群泉、矶石交鸣[24]，游者悚焉[25]，遂还。是日，姜坞先生与往[26]，鼐从，使鼐为记。

【题解】

这篇文章选自《惜抱轩文集》卷十四，作于乾隆二十九年（1764）。

桐城有文派，亦有诗派。桐城派中人也大多身兼作家与诗人的双重身份，故既以文为诗，又以诗为文。这篇游记是桐城派以诗为文的代表作之一。作者姚鼐不仅是著名的散文家，还是一位著名的诗人。桐城诗派得以成立，他起到了至关重要的作用。因为有这种优势，所以在散文的创作中，他打破了文体之间的界限，以诗为文，力求在文中写出诗的神韵。

具体到本文来说，姚鼐充分发挥了诗歌善于比兴的长处，运用比拟手法，把一些静止的、无生命的自然物，赋予鲜活的生命。如写潭中出水的大石，“若马浴起，振鬣宛首而顾其侣”，即以其鲜明的形象、勃勃的生机，给人以强烈的艺术感染力。除此而外，他还吸取王维诗歌创作的一些艺术手法，善于以动写静，刻意营造一种安宁静谧的诗意世界，予人以极大的精神慰藉。如“日暮半阴，山风卒起，肃振岩壁，榛莽、群泉、矶石交鸣”，通过这种万籁之声的描写，衬托出一种太古洪荒般的沉静，人沉浸在这种毫无功利的自然境界里，精神岂不是得到了极大的升华么？

精妙如此，也就难怪左笔泉先生读了以后，要“大乐而时诵之”（见姚鼐《左笔泉先生时文序》）了。

【注释】

①殆：大概，恐怕。

②迤平：地势斜延渐平。

③屏矗墉回：好像矗立的屏障、曲折的城墙一样。

④嶄横：高峻而蜿蜒横亘着。嶄，山高峻貌。径：道路。此处作动词用，有通行义。

⑤龙溪：因溪水来自龙眠山，故名龙溪。

⑥以：在，于。

⑦霁（jì）：雨止。

⑧淙（cóng）：流水的声音。

⑨蕙草：一种香草，古代妇女多佩在身上，作为香料。

⑩巂（guī）：鸟名，即子规、杜鹃。

⑪振鬣（liè）宛首：振鬣回首。鬣，马鬃。宛，屈曲。顾：看。

⑫溶云：浮动着的白云。

⑬可：大约。

⑭翼乎：像飞鸟展翅的样子。

⑮李公麟（1049—1106）：字伯时，宋代舒州人。晚年居桐城龙眠山，号龙眠山人。博学多能，擅画人物、佛像，亦工山水。能诗，于文字学亦颇有研究。垂云沜（pàn）：

李公麟居所名。浒，水边。

⑯被：加上，附会。

⑰石罅（xià）：石头缝隙。

⑱荫数十人：可遮盖数十人。此处“荫”作动词用。

⑲布：陈设，铺垫。

⑳何文端：何如宠（1569—1641），字康侯，明代桐城人。万历进士。官至礼部尚书、武英殿大学士。死后谥“文端”。摩崖：在石壁上镌刻文字。

㉑左丈学冲：左学冲，桐城人，与姚鼐家比邻而居。曾任武进教谕。晚年筑室于媚笔泉，自号笔泉。丈，旧时对关系较亲密的长辈男子的尊称。

㉒要（yāo）：相约。

㉓卒（cù）：同“猝”，突然。

㉔榛莽：杂乱丛生的草木。

㉕悚（sǒng）：惊恐，害怕。

㉖姜坞：姚鼐的伯父姚范。姚范（1702—1771），字南菁，号姜坞。

【译文】

桐城的西北方向，群山连绵大概有好几百里，一直到县城地势才开始平坦。在将到平地的地方，两座山崖忽然合立在一起，好像矗立的屏障、曲折的城墙一样，横隔在中间几乎不能走人。龙溪曲折的流水，就是从这里边流出来的。

在这一年的三月上旬，我们一行人顺着溪流向西而入。久雨才晴，溪流奔腾向前发出很大的声音，前后有十余里。道路两旁有很多奇形怪状的石头、蕙草、松树、枞树、槐树、枫树、栗树、橡树等，还不时听到杜鹃的叫声。溪的下面有个很深的大水潭，一块大石头露出水面上，就好像在里面洗澡的一匹马刚刚站起身，甩着鬃毛回头看它的伙伴。攀援石头而上，俯视浮动的白云，那些飞鸟看起来就像要坠落一样。接着向西沿着悬崖大约走了二里，层叠的石头犹如高楼，像翅膀一样伸展在溪流的右方。有人说：“这就是宋代李公麟的‘垂云沜’。”有人说：“后人因找不到李公麟的‘垂云沜’，就附会地称这块石头为‘垂云沜’了。”石头缝隙间长出一棵大树，树荫能遮盖几十个人。树前有一块平地，可以铺上席子坐下。树南边有泉水，明代何文端公摩崖石刻在其上的，为“媚笔之泉”几个字。泉水漫过石头形成一个圆形的小池，池水满后就长长地坠落溪中。

左丈学冲在水池旁边一块方整的平地上建造房子，还没完工，邀请了九位客人在这里饮酒。傍晚天气转阴，山风突然刮了起来，猛烈地吹打着悬崖峭壁，树木草丛、许多泉水、水边巨石相互发出乱响。游人感到害怕，就赶紧回家。这一天，伯父姜坞先生也一同去了，我随侍在后，他让我将这天的游程记了下来。

（汪茂荣　撰）

宝山记游

管 同

宝山县城临大海[1]，潮汐万态[2]，称为奇观。而予初至县时，顾未尝一出，独夜卧人静，风涛汹汹，直逼枕簟[3]，鱼龙舞啸，其声形时入梦寐间，意洒然快也[4]。

夏四月，荆溪周保绪自吴中来[5]。保绪故好奇，与予善。是月既望[6]，遂相携观月于海塘[7]。海涛山崩，月影银碎，寥阔清寒，相对疑非人世境，予大乐之。不数日，又相携观日出。至则昏暗，咫尺不辨[8]，第闻涛声若风雷之骤至[9]。须臾天明，日乃出，然不遽出也[10]。一线之光，低昂隐见[11]，久之而后升。《楚辞》曰："长太息兮将上[12]。"不至此，乌知其体物之工哉[13]？及其大上，则斑驳激射[14]，大抵与月同。而其光侵眸[15]，可略观而不可注视焉。

后月五日，保绪复邀予置酒吴淞台上。午晴风休，远波若镜。南望大洋，若有落叶十数浮泛波间者。不食顷[16]，已皆抵台下，视之皆莫大舟也。苏子瞻记登州之境[17]，今乃信之。于是保绪为予言京都及海内事，相对慷慨悲歌，至日暮乃返。

宝山者，嘉定分县[18]，其对岸县曰崇明[19]，水之出乎两县间者，实大海之支流，而非即大海也。然对岸东西八十里，其所见已极为奇观。由是而迤南[20]，乡所见落叶浮泛处[21]，乃为大海。而海与天连，不可复辨矣。

【作者小传】

管同（1780—1831），字异之，号育斋，上元（今南京市）人。清代文学家。道光五年（1825）举人。“姚门四杰”之一，亲炙姚鼐最久，为姚鼐之后桐城派重要作家之一。管同幼年丧父，家贫，不慕名利，终身未仕，专心致力于学。所作古文雄深浩达，简严精邃，曲当法度，为姚鼐所称赏，许为“得古人雄直气”（邓廷桢《因寄轩文初集·序》）。著有《因寄轩文集》《孟子年谱》等。《清史稿》有传。

【题解】

这篇文章选自《因寄轩文初集》卷七，作于嘉庆十三年（1808）。

桐城派作家为文历来重视剪裁，以使文章的内容充实而不失于累赘，语言雅洁而不失于繁冗。这样笔有裁制、惜墨如金，才能使枝叶尽删，精华全显，形成一种意足味长的艺术效果。如方苞在《与孙以宁书》中就曾强调写人物传，应选择那些最能体现人物精神风貌的事例来写，这样才能与人物的规模相称，且人物“所蕴蓄转似可得之意言之外”。若面面俱到，其结果必然是“事愈详而义愈狭”，人物精神品格的光彩反而被掩没了。

管同在本文中就继承了这种写作手法，写大海并未面面俱到，平均用力，而是精心选择了大海在不同态势下的三种景象：月下观潮、海上日出、波平如镜时的大海，然后集中笔墨来写。所写三种景象有动有静，色彩斑斓，从不同的侧面显示了大海的壮美和优美，具有强烈的艺术感染力。除此而外，管同精于剪裁还表现在此文的谋篇布局上，如开篇第一段写风涛“声形时入梦寐间”，就先声夺人，为主体部分写大海的三种之美作了很好的铺垫。而末段又荡回一笔，指出主体部分所写的大海只是支流，而非真正的大海。这就形成了一种顿挫之感，文有顿挫才有嚼头。想想，大海的支流都如此地美不胜收，那真正的大海又是怎样的一种奇观呢？这就将读者的思绪引向文外，而产生了一种言有尽意无穷的艺术效果。

另外，本文的语言亦有特色。姚鼐文好用散句，词旨渊雅，表现出来的是阴柔之美。与其师不同，管同在此文中写景状物多用整句，贯穿其中的，是一种雄直之气、驱迈之势，表现出来的则是阳刚之美。“弟子不必不如师”，他由此而得到老师姚鼐的欣赏，不是没有原因的。

【注释】

①宝山：县名，在长江口南岸，现为上海市宝山区。

②潮汐：由于月球和太阳对地球各处引力不同，所引起的水位周期性涨落现象。早为潮，晚为汐。

③簟（diàn）：竹席。

④洒然：洒脱自得的样子。

⑤荆溪：旧县名，在江苏省南部，1912年并入宜兴县。吴中：苏州的别称。

⑥既望：谓过了十五日，即十六日。望，通常称农历每月十五日为“望”。

⑦海塘：为阻挡海潮而修筑的堤岸。

⑧咫（zhǐ）尺：周制八寸为咫，十寸为尺。形容距离很近。

⑨第：但，只。

⑩不遽（jù）出：不骤然升起。

⑪低昂：起伏，升降。

⑫长太息兮将上：《楚辞·九歌·东君》：“长太息兮将上，心低徊兮顾怀。”意为太阳将离开扶桑，升上天空，因眷恋故居，而徘徊叹息。这是对太阳冉冉上升的拟人化描写。

⑬乌知：怎知。体物之工：表现事物的工巧、精巧。

⑭斑驳：各种颜色杂在一起。激射：强光四射。

⑮侵眸：刺眼。

⑯不食顷：不到一顿饭的时间。

⑰登州：州名，位于山东半岛东端。苏子瞻记登州之

境：见苏轼《北海十二石记》。

⑱嘉定分县：嘉定分出的县。宝山原为嘉定县地，清代分出为宝山县。

⑲崇明：县名，即长江口崇明岛，今为上海市崇明区。

⑳迤南：往南。迤，延伸，往。

㉑乡（xiàng）：同“向”，从前，过去。

【译文】

宝山县城濒临大海，早晚波涛起伏，形态万千，被认为是奇异而美丽的自然景象。我刚到宝山时，却未曾出去游览一次，只是夜深人静一人独自卧床休息时，那狂风卷起汹涌的波涛，巨大的涛声直接逼近我的枕席，而海中的大鱼舞蹈、蛟龙长啸，其形貌和声音，也时时进入我的梦境，真让人有一种洒脱痛快之感。

初夏四月，荆溪人周保绪从吴中来。保绪本来就有好奇心，与我关系很好。这个月的十六日，我们就一起去海塘看月亮。海涛翻滚着就像高山崩塌了一样，月亮在水中的倒影犹如散碎的银光，境界空旷清寒，我们俩相互对视，怀疑这简直不是人间之境，我由此而非常高兴。没过几天，又一同去看日出。到达海塘时，天色还昏暗不明，近距离都看不清一切，只是听到海涛澎湃的声音像风雷一样突然而至。不一会儿天色变亮，太阳出来了，但不是骤然升起。一条线样的光芒，起伏隐现，过了好一会儿才升了起来，《楚辞》里说：

“长长叹息一声向上飞腾。”不到这个地方，怎知他表现事物的技巧是如此的精妙呢？等到太阳升至天空，五彩强光四射，大致与月光相同。只是其光芒刺眼，可略望而不能专注地看。

次月初五，保绪又邀我到吴淞台上去饮酒。正值中午天晴风息，远处的海波平静得就像一面镜子。朝南远望大洋，好像有十多片落叶飘浮在海波上，不到一顿饭的时间，就都已经到达台下，再一看，原来都是些很大的船。苏轼记述登州海上的情境，直到今天才相信他所言不虚。接着保绪同我谈一些京城和国内的事，两人激昂地高歌，直至傍晚才回。

宝山是由嘉定分出新建的一个县，其对岸为崇明县，介于两县之间的实际上只是大海的支流，而不是大海本身。但对岸东西相隔仅八十里，就已见到如此奇异美丽的景象。从这个地方往南，此前所见到的落叶飘浮处，那才是真正的大海。但那个地方海与天连在一起，已辨别不清楚了。

（汪茂荣　撰）

再与方植之书[1]

姚　莹

年前接读手书及论夷事文[2]，深为叹息。所论何尝不中，无如任事人少，畏葸者多[3]，必舍身家性命于度外，真能得兵民之心，审事局之全[4]，察时势之变，复有强毅果敢之力，乃可言之，此非卤莽轻躁所能济事也。虽有善策，无干济之人[5]，奈之何哉！今世所称贤能矫矫者[6]，非书生则狱吏，但可以治太平之民耳[7]。晓畅兵机[8]，才堪将帅[9]，目中未见其选也。况局势已成[10]，挽回更难为力耶！

莹五载台湾，枕戈筹饷，练勇设防[11]，心殚力竭，甫能保守危疆[12]，未至偾败[13]。然举世获罪[14]，独台湾屡邀上赏[15]，已犯独醒之戒；镇、道受赏，督、抚无功[16]，又有以小加大之嫌。况以英夷之强黠，不能得志于台湾，更为肤诉之辞[17]，恫喝诸帅，逐镇、道以逞所欲。江南闽中，弹章相继。大府衔命，渡台逮问，成见早定，不容剖陈。当此之时，夷为原告，大臣靡然从风，断非口舌能争之事。道、镇身为大员，断无哓哓申辨之理[18]，自当委曲以全大局[19]。至于台之兵民，向所恃者，镇、道在也，镇、道得罪，谁敢上抗大府，外结怨于凶夷乎？委员迫取结状[20]，多方恐吓，不得不遵，于是镇、道冒功之案成矣。

然台之人固不谓然也。始见镇、道逮问，精兵千人攘臂呶呼[21]，其势汹汹。达镇军惧激变，亲自循巡，婉曲开譬，众兵乃痛哭投戈而罢。士民复千百为群，日匍伏于大府行署，纷纷佥呈申诉者[22]，凡数十起，亦足见直道自在人间也[23]。复奏已上，天子圣明，令解内审讯寻绎[24]，谕辞严厉中似有矜全之意[25]，或可邀末减也[26]。委员护解起程[27]，当在五月中旬。大局已坏，镇、道又何足言！但愿委身法吏[28]，从此永靖兵革，以安吾民，则大幸耳！

夫君子之心，当为国家宣力分忧[29]，保疆土而安黎庶[30]，不在一身之荣辱也，是非之辨，何益于事？古有毁家纾难、杀身成仁者[31]，彼独非丈夫哉[32]？区区私衷[33]，惟鉴察焉。倘追林、邓二公[34]，相聚西域[35]，亦不寂寞。或可乘暇读书，补身心未了之事，岂不美哉！

【作者小传】

姚莹（1785—1853），字石甫，一字明叔，号幸翁，桐城人。清代文学家、地理学家。嘉庆十三年（1808）进士，选任福建平和知县，辗转任职，多有建树。道光十七年（1837）升任台湾兵备道，加按察使衔。第一次鸦片战争时，他指挥台湾军民坚决抗击来犯英军，受到朝廷嘉奖，后被英人和朝廷投降派诬陷，以“冒功”罪入刑部狱。获释后分发四川，曾奉命入藏处理活佛争端。咸丰年间任广西、湖南按察使，卒于任上。

姚莹为人意气慷慨，有经世之才，为文刚健雄直，议论纵横，关注现实，直陈时事。著有《中复堂全集》十三种九十八卷。

【题解】

这篇文章选自《东溟文后集》卷八，写于道光二十三年（1843）四月。

姚莹在台湾以“冒功”罪被逮捕，押解至京候审。此事在社会上引起强烈震动，姚莹的朋友方东树、鲁一同等先后致信询问案情。姚莹在解京之前为答复方东树的问讯，专门写了这封信。他以沉痛的口吻叙述自己被诬陷的详细经过，表达对时局的无奈与失望，揭露了英国侵略者和国内投降派内外勾结、合谋陷害台湾抗英军民的险恶伎俩，表明自己“为国家宣力分忧，保疆土而安黎庶，不在一身之荣辱”的初心夙志。

文天祥在《正气歌》中说“时穷节乃见”，越是在人生困顿中，越能见出人的精神气节。此时姚莹一遭国运倾颓、时势艰危的困境，一遭谣诼纷起、百计陷害的困境，但他没有惶惑恐惧，不计个人荣辱，表现出为了保国安民，毁家纾难也在所不惜的勇毅精神。这是一篇朋友间往还的书信，又何尝不是一篇披肝沥胆的爱国宣言呢？

本文是向朋友倾吐胸中积愤的回信，即兴而写，未必作过严密的构思，但姚莹具有深厚的古文功力，故而虽信笔写来，依然做到条理分明，剖析有力，言有据而章法严，自然体现了桐城派的“义法”主张。而作为其“神理”贯注全篇的慷慨忧愤之气，随真情洋溢的文字奔泻而出，有着强烈的感染力，至今读之，犹令人感奋。

【注释】

①方植之：即方东树，字植之，与姚莹为同乡，又同出姚鼐门下，彼此交游密切，在他们的文集、书信、诗作中，保存了不少交流感情、关切时势、探讨学术的文字。

②夷事：指鸦片战争中英国侵华事。近代多称欧美等国家为“夷”。

③畏葸（xǐ）：畏惧，胆怯。

④审：明悉，通晓。

⑤干济：办事干练而有成效。

⑥矫矫：卓越出众。

⑦但：只是。

⑧晓畅兵机：通晓用兵的要略。

⑨堪：足以担任。

⑩局势已成：指第一次鸦片战争以中国失败结束。道光二十二年七月二十四日（1842年8月29日），清政府与英国签订丧权辱国的《南京条约》，此信写于此后，故曰“局

势已成”。

⑪练勇：指训练义勇兵。鸦片战争中，姚莹为加强台湾防务，除进行官兵守战训练外，还组织团练义勇四万七千余人，在抗英战斗中起到了重要作用。

⑫甫：才。

⑬偾（fèn）败：败坏，失败。

⑭举世获罪：指鸦片战争中沿海各地抗英战斗纷纷失利，主战官员均受到朝廷谴责和处分。

⑮邀：获得，得到。

⑯镇、道：指台湾总兵（镇台）和道台。时任总兵为满族人达洪阿，道台为姚莹，二人在抗英保台斗争通力合作，五战五捷。督、抚：总督、巡抚。当时台湾属闽浙总督和福建巡抚管辖。

⑰肤诉：“肤受之诉”的略语，意为浮泛不实的谗言。此指《南京条约》签订后，获释的英军头目颠林等散布的所谓台湾镇、道冒功的谣言。

⑱哓（xiāo）哓：争辩声。

⑲委曲：屈身迁就。

⑳委员：朝廷委派查处大员，这里指闽浙总督怡良。

㉑呶（náo）呼：喧哗大呼。

㉒佥呈：联名呈文。

㉓直道：公道。

㉔内：内地，指京城。寻绎：详加推求，以明真相。

㉕谕辞：皇帝诏令。矜全：同情怜悯而加以宽免。

㉖末减：定罪之后减刑。

㉗解（jiè）：押送。

㉘委身：交付自己的身家性命。

㉙宣力：效力，尽力。

㉚黎庶：指平民大众。

㉛毁家纾（shū）难：捐献家产以帮助国家解除危难。纾，解除。

㉜独：难道，表反问语气。

㉝区区：表诚恳之意。衷：内心。

㉞林、邓二公：指林则徐、邓廷桢。鸦片战争爆发后，两广总督林则徐、闽浙总督邓廷桢严密设防，抵抗英军侵略，后均遭投降派诬陷，被革职贬放新疆伊犁。

㉟西域：对中国新疆和中亚细亚等地的总称，这里指新疆地区。

【译文】

年前接到您的亲笔信和探讨英人侵华事件的文章，我深为感叹。您的见解何尝不中肯，无奈能担当国事的人太少，而畏惧胆怯的人太多，必须是那种置身家性命于不顾，真正赢得军心民心，通晓事件全局，洞察时势变化，又有坚毅果敢力量的人，才可商谋大计，不是鲁莽、轻率之辈就能济事的。即使有了好的策略，没有能成事的人，又能怎么样呢？当今所说的贤德有才、卓越出众的人，不是读书人就是掌管刑案的官员，这些人只能治理太平世道的百姓。通晓兵法机要、能力可任将帅者，我的眼中还没有这样的人选。何况对外败局已定，挽回更难以为力了。

我在台湾任职五年，时刻戒备敌人来犯，想方设法筹措军饷，训练义勇加强防务，尽心竭力，才保住危机四伏的海疆不至于彻底崩溃。然而，各处军事失利，守土力战的官员全都获罪，唯独台湾一地屡受朝廷奖赏，这已触犯了“举世皆醉我独醒”的戒律；总兵、道台受赏，而总督、巡抚无功，这又有下级凌越上级的嫌疑。何况，以英人的凶顽、狡诈，他们不能在台湾实现企图，就翻手编造不实之词，恫吓各位将帅，要将台湾总兵、道台革职以实现他们的欲望。江南、福建的官员，也相继上章弹劾。总督奉命渡海到台湾逮捕官员予以讯问，他们心中早有成见，容不得他人剖白。那个时候，英夷反成了原告，大臣们顺风附和，已绝不是口舌所能争辩的了。道台、总兵身为地方大员，绝无为自己喋喋申诉的道理，自当委屈自己来保全大局。至于台湾军民，向来所依仗的，是总兵、道台在位，总兵、道台已经获罪，还有谁敢上抗总督、对外与凶狠的英人结怨呢？朝廷派大员威逼取证，多方恐吓，他们不得不屈从，于是总兵、道台“贪冒功劳”的罪案就形成了。

但是，台湾军民从来不承认这是事实。一开始看到总兵、道台被逮捕问罪，就有精兵千人振臂高呼，声势非常激烈。达洪阿总兵担心激成事变，亲自到军中巡视，婉言劝导，众兵才哭着放下武器，不再抗争。台湾民众又千百成群，整日跪伏在总督行署前，纷纷联名呈文申诉，这样的事发生了几十起，也足以看出公道自在人间。情况再次呈报朝廷后，天子圣明，下令将我们押解进京，进一步审讯推究，诏令用词严厉之中，似有怜悯保全之意，或许能够请求从轻发落。朝廷派官员押解起程的时间，当在五月中旬。大局已坏，总兵、道台受冤又何足挂齿！但愿自己身陷囹圄，却能从此永息战事，百姓安宁，那就是我莫大的欣慰了！

君子心志，当在为国效力分忧，保护疆土，安定黎民，不在自身的荣辱得失，单纯地争辩是非，对国家又有什么益处呢？自古就有人为解除国家危难，宁可毁家弃室，有人为成全仁义，不惜牺牲性命，这些人难道不是大丈夫吗？区区个人之心，请加审察。倘能追随林则徐、邓廷桢二位大人，在新疆相会，也不算寂寞了。或许还可乘着闲暇读书，弥补身心想做未做之事，不是也很好吗！

（汪文涛　撰）

钵山余霞阁记[①]

梅曾亮

江宁城，山得其半。便于人而适于野者[②]，惟西城钵山，吾友陶子静偕群弟读书所也。因山之高下为屋，而阁于其岭，曰“余霞”，因所见而名之也。

俯视，花木皆环拱升降，草径曲折可念[③]，行人若飞鸟度柯叶上。西面城，淮水萦之。江自西而东，青黄分明，界画天地[④]。又若大圆镜，平置林表，莫愁湖也。其东南，万屋沉沉[⑤]，炊烟如人立，各有所企[⑥]，微风绕之，左引右挹[⑦]，绵绵缗缗[⑧]，上浮市声，近寂而远闻。

甲戌春，子静觞同人于其上[⑨]，众景毕观，高言愈张。子静曰：“文章之事，如山出云，江河之下水，非凿石而引之，决版而导之者也[⑩]，故善为文者有所待。”曾亮曰：“文在天地，如云物烟景焉[⑪]，一俯仰之间，而遁乎万里之外，故善为文者，无失其机。”管君异之曰：“陶子之论高矣。后说者，如斯阁亦有当焉[⑫]。”遂书为之记。

【作者小传】

梅曾亮（1786—1856），字伯言，江苏上元（今属南京）人。清代文学家。道光二年（1822）进士，后任户部郎中。晚年告归，主讲扬州书院。

早年好骈文，受管同影响，专心钻研古文，为“姚门四杰”之一。居京城二十余年，登门求教古文法者不绝，是姚鼐去世后桐城派的中心人物。倡导古文“因时立言”，强调诗文表达真情实感，要写“人之真”。为文笔力高古，气脉流畅，具有较高的艺术价值。著有《柏枧山房文集》。

【题解】

这篇文章选自《柏枧山房文集》卷十，作于嘉庆十九年（1814）。

钵山是南京城中一处胜迹，余霞阁即居其上。本文叙写自己同几个文友登山临阁观景论文、举行雅会的情景，洋溢着文人雅趣。文章起首，介绍钵山的地理位置和余霞阁得名由来，亮出它观景、读书之便，来为下文张本。接着详写登上余霞阁所见，通过俯视、远眺、四面环视的视角转换，勾勒出一幅幅各具其妙的风景画，景物虽多，但层次清晰，极有章法；而虚实交融、动静相映、色彩鲜明的描写，又带给人迥出其表的审美体验。最后顺理成章地推出另一番赏心乐事，即与朋友在余霞阁饮酒论文，各抒己见，则又与眼前景物妙合成趣。

寻芳景、探幽理，皆为雅士情致，作者将它们统合在共同的意趣之下，使得气息通畅，神理鲜明；写景、言事中，笔势曲折变化，有如风行水上，扬波激荡，体现了梅曾亮古文“选声炼色，务穷尽笔势”的艺术风格。

【注释】

①钵（bō）山：在南京城西，因山势似钵而得名。

②适于野：有郊野之趣。

③可念：可爱。

④界画：用界尺引线作画。

⑤沉沉：多而密集的样子。

⑥企：踮起脚跟挺直身体张望的样子。

⑦挹（yì）：牵，拉。

⑧绵绵缗（mín）缗：形容延续不断，像线一样地缠绕飘荡。

⑨觞（shāng）：本指古代盛酒器，这里是置酒招待的意思。

⑩决版：决堤。版，版筑，古人以两板相夹，装满泥土夯实，用来筑土墙、河堤。

⑪云物：指云气。烟景：指浮泛朦胧、如烟似雾的景色。

⑫当：相符。

【译文】

江宁城，山岭占了一半。便于人们游览而又能领略郊野之趣的，只有西城的钵山，我的朋友陶子静偕同他的众兄弟读书的地方。他们依山势的高低建造起房屋，又在山顶上建阁，取名“余霞”，是依这里所见的风景而命名的。

向下看去，花木都随着山势环绕升降，长着草的小径曲折盘旋，很是有趣，行人就像飞鸟从枝叶上掠过。山西边对着城，可看见秦淮河萦绕环抱着它。长江自西向东奔流而去，天青水黄，颜色分明，把天与地清楚地划分开来。又有好像大圆镜一般，平放在林木之上的，那便是莫愁湖。东南面，万家屋舍密密丛丛，袅袅升起的炊烟就像长身站立的人，各自远眺顾盼，微风拂动下，左引右牵，绵绵不断地向上飘升。微风又送来山下闹市的声音，近处的听不见，远处的却隐约可闻。

嘉庆十九年春，陶子静邀请各位朋友在余霞阁饮酒，各种景色俱呈眼前，大家高谈阔论的兴致越发高涨。子静说：“文章写作之事，如同山出云雾，如同江河之水向下奔流，不能像凿石引出云气，决堤引出水来那样有意去作，所以善于写作的人需要等待有可写时再动笔。”我说：“文章在天地之间，如云雾烟景一般，俯仰之间，就会隐到万里之外，所以善做文章的人，要抓住灵感，不要失去良机。”管同说：“陶君的言论实在高妙。后面梅君话中的道理，与我们在余霞阁观景也是相契合的。”于是我便写下来作为“记”。

（汪文涛　撰）

君山月夜泛舟记[①]

吴敏树

秋月泛湖，游之上者[②]，未有若周君山游者之上也[③]。不知古人曾有是事否，而余平生以为胜期[④]，尝以著之诗歌。今丁卯七月望夜[⑤]，始得一为之。

初发棹，自龙口向香炉[⑥]。月升树端，舟入金碧[⑦]，偕者二僧一客，及费甥、坡孙也。南崖下渔火十数星，相接续而西，次第过之，小船捞虾者也。开上人指危崖一树曰[⑧]："此古樟，无虑十数围[⑨]，根抱一巨石，方丈余。自郡城望山[⑩]，见树影独出者，此是也。"然月下舟中仰视之，殊不甚高大，余初识之。客黎君曰："苏子瞻赤壁之游[⑪]，七月既望，今差一夕尔。"余顾语坡孙："汝观月，不在斗牛间乎[⑫]？"因举诵苏赋十数句。

又西出香炉峡中，少北[⑬]。初发时，风东南来，至是斜背之，水益平不波。见湾碕[⑭]，思可小泊，然且行，过观音泉口，响山前也。相与论地道通吴中[⑮]，或说有神人金堂数百间[⑯]，当在此下耶。夜来月下，山水寂然，湘灵、洞庭君恍惚如可问者[17]。

又北，入后湖，旋而东，水面对出灯火光，岳州城也。云起船侧，水上滃滃然[18]。平视之，已做横长状，稍上，乃不见。坡孙言：“一日晚，自沙嘴见后湖云出水，白团团若车轮、巨瓮状者十余积[19]，即此处也。”然则此下近山根，当有云孔穴耶？山后无居人，有棚于坳者数家，洲人避水来者也。数客舟泊之，皆无人声。转南出沙嘴，穿水柳中，则老庙门矣[20]。《志》称山周七里有奇[21]，以余舟行缓，似不翅也[22]。

既泊，乃命酒肴，以子鸡、苦瓜拌之。月高中天，风起浪作，剧饮当之，各逾本量。超上人守荤戒[23]，裁少饮[24]，啖梨数片复入庙，具茶来。夜分登岸[25]，别超及黎，余四人循山以归。明日记。

【作者小传】

吴敏树（1805—1873），字本深，号南屏，巴陵（今湖南岳阳）人。清代文学家。道光十二年（1832）举人，官浏阳县训导，后辞官，专务著述。钟情于经史研究，擅诗、古文，取法各家而能兼取所长，自出机杼。游京师时，常与梅曾亮、朱琦、王拯等研讨古文及经学，与曾国藩也有很深的交往。为文气清体洁，清新流畅，意味醇深。著有《柈湖文集》《柈湖诗录》，编纂《巴陵县志（同治）》。

【题解】

这篇文章选自《柈湖文集》卷十一，作于同治六年（1867），是吴敏树晚年家居时所作，着重记叙与亲友数人月夜泛舟环游君山之所见。

全文以泛舟环游的行踪为顺序进行记叙，看似信笔所至，实则精心剪裁。先叙写对月夜泛湖的向往，几番比衬之下，更显其所念之深。接着依次写游中所见，有明月在天、清风泛波的清丽，有渔火点点、树影婆娑的迷离，也有水映灯火、湖云出水的奇幻，勾描出月下洞庭清幽深远的画境，同时叙及各种神妙的传说，使得画境的意趣更加深浓。不唯如此，作者又纵笔写游览中的谈笑不断、诵赋连声、冥想神会、豪情剧饮，横飞的逸兴与所见物景相映发，更带给人水风飘摇、花雨缤纷的美感。作者自由灵活地驱遣笔墨，看似散淡的语言下有着醇厚的意味，于略不经意间表现出深厚的艺术功力。

【注释】

①君山：又名湘山，在湖南洞庭湖中。相传舜的妃子湘君到过这里，因此叫作湘山、君山。

②游之上者：游览中最上佳的。

③周：围绕。

④胜期：美好的期望。

⑤丁卯：干支纪年，这里指同治六年（1867）。望夜：每月十五的夜晚，阴历每月十五称作望。

⑥龙口、香炉：均为君山地名。

⑦金碧：形容水月相映、金光闪闪的湖面。

⑧上人：对僧人的尊称。

⑨无虑：不用计算就可估计到，这里是大概的意思。

⑩郡城：即岳阳城，旧为巴陵郡治所。

⑪苏子瞻赤壁之游：苏子瞻，即北宋著名文学家苏轼。苏轼因反对王安石的新法，以“谤讪朝廷”罪贬黄州。宋神宗元丰五年（1082），他曾游赤壁，作有《前赤壁赋》《后赤壁赋》。

⑫斗牛：天上的两个星座，即二十八宿中的斗宿和牛宿。

⑬少：同“稍”。

⑭湾碕（qí）：弯曲的岸边。

⑮地道通吴中：相传洞庭湖有地道与吴中的太湖相通。吴中，今江苏苏州地区。

⑯神人金堂：神仙居住的黄金殿堂。

⑰湘灵：湘水之神。传说舜的妃子溺死在湘水，就做了湘水神。洞庭君：洞庭湖的龙王。问：寻访、探望。

⑱滃（wěng）滃然：水汽很盛的样子。

⑲积：聚蓄，此指积聚而成的云块。

⑳老庙门：湘妃庙的门。君山上古有湘妃庙，又叫湘灵庙。

㉑《志》：此处当指《岳阳县志》。有奇（jī）：有余。

㉒不翅：不止，不仅。翅，同“啻”。

㉓守荤戒：遵守不吃荤的戒约。

㉔裁：同“才”，仅仅。

㉕夜分：半夜。

【译文】

秋天月夜泛舟湖上，是上佳的游览，但没有像围绕君山月夜泛舟游览那样更好的。不知道古人是否有过这样的游历？我把它作为平生的美好期望，曾写在诗歌里。现在是同治六年七月十五日夜，才得一游。

划开船桨，我们从龙口出发前往香炉峰。月亮升起在树梢上，船驶入水月相映、金光闪闪的湖面，同游的有两个僧人、一个客人，以及我的费姓外甥和孙子吴坡。南边的崖壁下十几处星星点点的渔火，连续向西，一个接一个地过去，那是渔民捞虾的小船。名叫开的僧人指着高崖上的一棵树说：“这是古樟树，应该有十几人合抱那么粗，树根围抱住一块巨石，有一丈见方。从岳阳城眺望君山，看见树影突出的，就是这棵树。”但是月光中从船上仰望这棵树，竟不是显得特别高大，我是第一次了解这个情形。客人黎君说：“苏东坡游赤壁，是在七月十六日，比今天只差一晚。”

我回头对孙子吴坡说："你看这月亮，不也在斗星和牛星之间吗？"于是我们朗诵起苏轼的《赤壁赋》，连诵了十多个句子。

船又向西出了香炉峡，稍稍偏北行进。刚开船时，风从东南方吹来，到这时风从背后斜吹，水面更加平静无波。途中看见一个水湾堤岸，想着这地方是可以短暂停靠的，但我们的船继续航行，经过观音泉口，来到响山之前。我们相互谈起水下有地道通往吴中太湖的事，有人说，传说水下有几百间神仙居住的黄金殿堂，应当就在这下面吧？夜幕之中明月之下，山水寂静无声，恍惚间仿佛可与传说中的湘灵和洞庭君相遇。

船又向北进入后湖，不久又折而向东，水面映照出灯火之光，那是岸上的岳州城。水汽从船边升起，湖面上云雾茫茫。从平面上看这些云气，已变作横长的形状，渐渐上扬，然后消散不见了。吴坡说："有一天晚上，从沙嘴看见后湖有云气从水上升起，白色的雾团有的像车轮，有的像巨大的水瓮，有十多块，就在这个位置。"既然这样，那么这里接近山脚的地方，应当有云停驻的洞穴吧？山后没有人居住，山间低洼平整的地方搭建着几间草棚，是住在湖心洲屿上的人来此躲避水患用的。几只客船停泊在这里，却听不见一点人声。游船转而向南出了沙嘴，穿过水上柳林，便看见老庙门了。志书上说君山周长七里有余，由于我们的船行进缓慢，感觉不止七里长。

游船停下了，就让人拿来酒菜，配上子鸡、苦瓜来吃。明月高挂天空，风起来了，浪涛汹涌，我们对着明月和风浪痛饮，每人都超过了自身酒量。超上人守戒吃素，只饮少量酒，吃几片梨，就返回寺庙，沏好茶端来了。半夜时分，离船上岸，辞别超上人和黎君，我们四人顺着山路回家了。第二天写下这篇游记。

（汪文涛　撰）

婴砧课诵图记[①]

王　拯

《婴砧课诵图》者，不材拯官京师日之所作也[②]。拯之官京师，姊刘在家，奉其老姑[③]，不能来就弟养[④]。今姑殁矣，姊复寄食宁氏姊于广州，阻于远行。拯自始官日，畜志南归，以迄于今。颠顿荒忽[⑤]，琐屑自牵，以不得遂其志。

念自七岁时，先妣殁[⑥]，遂来依姊氏。姊适新寡，又丧其遗腹子，茕茕独处[⑦]。屋后小园，数丈余，嘉树荫之，树阴有屋二椽，姊携拯居焉。拯十岁后，就塾师学，朝出而暮归。比夜[⑧]，则姊恒执女红[⑨]，篝一灯[⑩]，使拯读其旁。夏夜苦热，辍夜课，天黎明辄呼拯起，持小几就园树下读[⑪]。树根安二巨石，一姊氏捣衣以为砧，一使拯坐而读。读日出，乃遣入塾，故拯幼时，每朝入塾读书，乃熟于他童。或夜读倦，稍逐于嬉，姊必涕泣，告以母氏劬劳瘁死之状[⑫]，且曰："汝今弗勉学，贻母氏地下戚矣[⑬]。"拯哀惧，泣告："后无复为此言。"

呜呼！拯不材，年三十矣。念十五六时，犹能执一卷就姊氏读，日惴惴然于奄思忧戚之中[⑭]，不敢稍自放逸。自二十出门，行身居业，日即荒怠。念姊氏之教不可忘，故为图以自警，冀使其身依然日读姊氏之侧，庶免其堕弃之日深[15]，而终于无所成也[16]。

道光二十四年甲辰秋九月。为之图者，陈君名铄，为余丁酉同岁生也[17]。

【作者小传】

王拯（1815—1876），原名锡振，后改名拯，字定甫，号少鹤，广西马平（今柳州市柳江区）人。清代文学家。道光二十一年（1841）进士，授户部主事，历任军机处章京、大理寺少卿、太常寺卿，擢升为通政使。多次上疏直言议政，遭忌恨，遂告老还乡，主讲于桂林榕湖、秀峰书院。在京城时，与姚鼐弟子梅曾亮交游，与朱琦、龙启瑞等切磋古文，为桐城派在广西的代表人物之一。为文清远平淡，情感真挚，议论、记事个性鲜明。著有《龙壁山房文集》《龙壁山房诗草》等。

【题解】

这篇文章选自《龙壁山房文集》卷五，作于道光二十四年（1844）九月，是一篇因图成文、情真语挚的怀人佳作。《媭砧课诵图》先后经诗文名家梅曾亮、冯志沂、曾国藩等数十人为之题诗、题记，传为艺林佳话。

作者幼年丧父母，倚靠已出嫁的大姐长大。他的大姐也命运悲苦，夫死子丧，孤身寡居，姐弟俩相依为命。大姐不仅给予他生活上的照料，更重视对他的教育。限于生活的贫困，姐姐所能做到的，就是督促他放学后勤奋温习功课。入夜，姐姐做女红，伴着弟弟夜读；清晨，姐姐洗衣，陪着弟弟早读；弟弟稍有贪玩时，她就将母亲劳苦的情状哭着说给他听。作者对此感念在心，时刻不忘，请人作画记录当时的情形，既是对姐姐的怀念，也把它作为持久的自警与砥砺。

文中主要围绕画图内容，娓娓叙述姐姐督促年幼时的自己勤苦攻读的动人情景，语言不加藻饰，以真实和细节化的叙事场景，展现平常生活的温情，言近旨远，一往情深，有着令人低徊的艺术感染力。《续修四库全书提要》称其文“沉痛已极，发于至性，真乃神似归有光”。

【注释】

①媭（xū）砧（zhēn）课诵图：作者托人所作画名，画图内容为姐姐在石板上洗衣，同时督促自己读书。媭，古代楚人称姐为媭。砧，捣衣石。课诵，督促读书。

②不材：作者自谦之词。

③老姑：古代指婆母。

④就弟养：到弟弟这里来接受奉养。

⑤颠顿荒忽：颠沛困顿，神思不安。荒忽，同“恍惚”。

⑥先妣：对已故母亲的尊称。

⑦茕（qióng）茕：孤独无依的样子。

⑧比：等到。

⑨女红（gōng）：指妇女纺织、刺绣、缝纫等针线活。红，同“工”。

⑩篝（gōu）：罩灯的竹笼，此处用作动词。

⑪几（jī）：低矮的案桌。

⑫劬（qú）劳瘁（cuì）死：过度劳累忧困而死。

⑬贻（yí）：本义是赠送，这里是导致的意思。戚：忧愁，悲伤。

⑭奄（yǎn）思：愁思，悲伤之情。

⑮庶：庶几的意思，差不多，或许可以。

⑯终于：在……方面结束。

⑰同岁生：在同届科举考试中被录取的人。

【译文】

《媭砧课诵图》，是我在京城为官时制作的。我在京城为官，嫁给刘氏的姐姐在家奉养她年迈的婆母，不能来京城与我一起生活。现在婆母去世了，姐姐又到广州依靠嫁给宁氏的二姐过活，阻于路途遥远不能来京。我从一开始做官，就存着回到南方的想法，直到现在。人生颠沛困顿，神思难安，被种种琐碎的事情牵缠着，所以不能实现心愿。

想到七岁时，先母去世，我就去投靠姐姐。那时姐姐刚刚守寡，又失去了自己的遗腹子，孤单独处。她家屋后有个小园，几丈见方，茂密的树木遮蔽着它。树荫之下，有两间小屋，姐姐带着我住在那里。我十岁后，跟私塾老师学习，早出晚归。一到晚上，姐姐就总是做针线活计，用罩子罩上一盏灯，让我坐在她身旁读书。夏天的晚上热得难受，就不再夜读，但天刚亮姐姐就叫我起床，拿着小桌子，让我到园子的树下读书。树根边放着两块大石头，一块姐姐用作捣衣石，一块给我坐着读书。读到日出，就吩咐我去私塾，所以我幼年时，每天早上到塾中读书，都比其他孩童熟练。有时夜读疲倦了，稍稍想着去嬉戏游玩，姐姐必定会流泪哭泣告诉母亲劳累病死的情形，并且说："你现在不努力学习，会让母亲在九泉下伤心啊！"我悲伤又害怕，哭着求告："以后就别再说这话了。"

唉！我无所作为，恍惚间就到了三十岁。想起十五六岁时，还能拿着一卷书在姐姐身边读，每天在沉闷忧苦中惴惴不安，不敢稍有放松。自从二十岁后出门在外，为人做事，就一天天荒疏懈怠。想到姐姐的教诲不能忘怀，因此请人画了这张图来警戒自己，希望使自己仍像每天在姐姐身旁读书一样，或许不致于荒废日深，而最终一事无成。

道光二十四年甲辰年秋九月。画这幅图的陈铄先生，是我丁酉同年中式的举人。

（汪文涛　撰）

北山独游记

张裕钊

余读书马迹乡之山寺[1]，望其北，一峰崒然而高[2]，尝心欲至焉，无与偕，弗果[3]。遂一日奋然独往，攀藤葛而上，意锐甚[4]。及山之半，足力倦，止复进，益上，则涧水纵横，草间微径如烟缕诘屈交错出[5]，惑不可辨识。又益前，闻虚响振动，顾视来者无一人[6]，益荒凉惨栗[7]，余心动欲止者屡矣，然终不释，鼓勇益前，遂陟其巅[8]。至则空旷寥廓[9]，目穷无际，自近及远，洼者隆者，布者抟者[10]，迤者峙者[11]，环者倚者，怪者妍者，去相背者，来相御者[12]，吾身之所未历，一左右望而万有皆贡其状[13]，毕效于吾前。

吾于是慨乎其有念也。天下辽远殊绝之境，非先蔽志而独决于一往[14]，不以倦而惑且惧而止者，有能诣其极者乎[15]？是游也，余既得其意而快然以自愉，于是叹余向之倦而惑且惧者之几失之[16]，而幸余之不以是而止也[17]。乃泚笔而记之[18]。

【作者小传】

张裕钊（1823—1894），字廉卿，号濂亭，湖北武昌人。清代文学家、书法家。道光二十六年（1846）举人，考授内阁中书。后入曾国藩幕府，为“曾门四弟子”之一。曾主讲江宁、湖北、直隶、陕西各书院，成就后学甚众。为文推崇桐城派“义法”，长于议论，切中时弊；描摹景物，隽永有味。著有《濂亭文集》等。

【题解】

这篇文章选自《濂亭文集》卷八，作于咸丰六年（1856），是张裕钊早期代表作。主要记述作者独游北山的所见所感，其构思脱胎于北宋王安石的《游褒禅山记》，而富于变化，辞微旨远，体现了刘大櫆《论文偶记》提出的文贵奇、贵简、贵变的主张。

全文以游踪为线索，用雅洁而富有张力的语言，铺陈而下，勾勒山形地貌的变化无穷。等到完成对游山的记叙，笔锋一转，发出由衷的感慨，认为天下殊绝之境，只有战胜困倦、迷惑、畏惧，奋力前行，方能到达。允为点睛之笔，顿使文章增色，主题升华。

通观全篇，作者用一个“独”字，前后关合，一线串通。前部分，用记叙作铺垫；后部分，用议论得主旨，终得完美收笔。

【注释】

①马迹乡：在今江苏太湖马迹山。

②崒（zú）然：险峻的样子。

③弗果：没有实现。

④锐：旺盛。

⑤诘（jí）屈：曲折。

⑥顾视：回头看。

⑦惨栗：极其寒冷的样子。

⑧陟（zhì）：登。

⑨寥廓：开阔。

⑩抟（tuán）者：指作者在山顶上所看到的貌似聚集在一起的东西，或许是村落，或许是树丛，或许是其他。从注者起，连用十二个（某）者，视觉所至，想象自在其中。抟，聚集。

⑪迤：倾斜。峙：直立。

⑫御：迎接。

⑬万有：万物。

⑭蔽志：蔽，审断。志，心意。蔽志即审断、确定心意。

⑮诣：到达。

⑯向：先前。

⑰以是：因此。

⑱泚（cǐ）笔：以笔蘸墨。

【译文】

我在马迹乡的山寺里读书，远望山寺的北面，有一座山峰险峻高耸，曾有去看一看的念头，没人作伴，愿望没能实现。于是有一天，振作精神独自前往。手攀着藤条葛茎而上，势不可遏。等到爬上半山腰，脚力疲倦，休息一下，接着向前进。再往上爬，就看到山溪纵横，草丛中小路像一缕青烟曲折交错而出，让人迷惑不能辨清方向。又继续向前，只听见莫名的响声振动，回看来路不见一人，越发感到荒凉寒冷，我心中动摇了，几次想要停止攀登，但最终没有放弃，鼓起勇气继续向前，终于登上了山顶。到达山顶，则是一派空旷开阔，一眼望不到边，从近到远，但见山峰有低的，高的，散布的，聚拢的，斜立的，直立的，环形的，偏向一边的，怪异的，美妙的，去相背的，来相向的，都是我平生从没有见过的景象，左右望去，自然万物都展示出各自的形态，完全呈现在我的面前。

我于是在感慨之余想到，天下辽远而隔绝人迹的地方，不是先确定心意而自己作出决定前往一探，不因疲倦、迷惑、畏惧而停止，有可能到达它的尽头吗？这次游山，我对此深有体会，因而感到快乐，于是感叹我先前由于疲倦、迷惑、畏惧，几乎失掉这次登览的机会，庆幸自己没有因为这些原因而中止游山。于是挥笔写下了这些。

（程徐李　撰）

卜来敦记

黎庶昌

卜来敦者，英国之海滨，欧洲胜境也。距伦敦南一百六十余里，轮车可两点钟而至，为国人游息之所，后带冈岭，前则石岸崭然[①]。好事者凿岸为巨厦，养鱼其间，注以源泉，涵以玻璃[②]，四洲之物[③]，奇奇怪怪，无不毕致。又架木为长桥，斗入海中数百丈[④]，使游者得以攀援凭眺。桥尽处有作乐亭，余则浅草平沙，绿窗华屋，与水光掩映，迤逦一碧而已[⑤]。人民十万，栉比而居[⑥]，衢市纵横，日辟益广。其地固无波涛汹涌之观，估客帆樯之集[⑦]，无机匠厂师之兴作，杂然而尘鄙也[⑧]，盖独以静洁胜。每岁会堂散后，游人率休憩于此[⑨]。

方其风日晴和，天水相际，邦人士女，联袂嬉游[⑩]，衣裙杂袭[⑪]，都丽如云[⑫]。时或一二小艇，棹漾于空碧之中。而豪华巨家，则又鲜车怒马[⑬]，并辔争驰，以相遨放[⑭]。迨夫暮色苍然[⑮]，灯火灿列，音乐作于水上，与风潮相吞吐，夷犹要眇[⑯]，飘飘乎有遗世之意矣！余至伦敦之次月，富绅阿什伯里导往游焉，即叹为绝特殊胜，自是屡游不厌。再逾年而之他邦[17]，多涉名迹，而卜来敦未尝一日去诸怀[18]。其移人若此。

英之为国，号为盛强杰大。议者徒知其船坚炮巨，逐利若驰，故尝得志海内[19]，而不知其国中之优游暇豫[20]，乃有如是之一境也。

昔荀卿氏论立国惟坚凝之难[21]。而晋栾针之对楚子重，则曰："好以众整。"又曰："好以暇[22]。"夫维坚凝[23]，斯能整暇[24]，若卜来敦者，可以觇人国已[25]。

大清前驻英参赞黎庶昌记，光绪六年七月[26]。

【作者小传】

黎庶昌（1837—1898），字莼斋，贵州遵义人。清代文学家、外交家。早年师事郑珍，讲求经世之学。同治元年（1862），以廪贡生至京师上书言事，受到重视，被派往曾国藩军营以知县试用，为"曾门四弟子"之一。历署吴江、青浦知县。光绪二年（1876），随郭嵩焘出使英国，充任参赞。光绪七年（1881）任出使日本大臣。晚年任川东道员。文宗桐城，而又不囿于桐城家法。编选《续古文辞类纂》，著有《拙尊园丛稿》《西洋杂志》等。

【题解】

这篇文章选自《拙尊园丛稿》卷五。清光绪二年（1876），黎庶昌担任驻英使馆参赞，即游览英国海滨城市卜来敦（今译“布赖顿”）。光绪六年（1880），方才写下这篇游记。

本文描述了卜来敦“独以静洁胜”的迷人风光，以及当地人民悠然安宁的生活景象。文中先以巨厦、长桥、亭、浅草平沙、绿窗华屋、阛市作为描绘对象，展现出一帧帧精彩的画面。然后选取风日晴和的白天和暮色苍然的傍晚作为时间节点，描写邦人士女水陆游玩的动人场面。四年之前的一次出游，即让作者产生深入骨髓的感受，感叹时光虽“再逾年”，身处异地，却未曾一日忘怀。而外人只知道英国的强大在于船坚炮巨，逐利若驰，却不知道其国内也有如此令人陶醉的休闲胜地。可见一个国家只有安定强大，国人才能悠闲享乐，“夫维坚凝，斯能整以暇”。文末一句“可以觇人国已”，有感而发，寄慨遥深，题旨自现。

纵观全篇，记事写景，剪裁精当，言之有物有序，可见方苞“义法”神韵。而以桐城派文法记西洋之景色，更有引人入胜之感。

【注释】

①崭然：突出的样子。

②涵以玻璃：用玻璃罩着。涵，包涵，罩着。

③四洲：指美洲、欧洲、亚洲、大洋洲。当时中国人的地理观念南北美洲未分。

④斗：同“陡”。《史记·封禅书》司马贞《索隐》云：

“斗入海，谓斗绝曲入海也。”

⑤迤逦：曲折连绵的样子。

⑥栉（zhì）比：像梳子齿一样排列。

⑦估客：商人。估，同“贾”。帆樯：借指船只。

⑧尘鄙：尘污不洁之地。

⑨率：大约。

⑩联袂：衣袖相连，比喻人多。袂，衣袖。

⑪杂袭：杂叠众多。

⑫都（dū）丽：美丽。都，漂亮。

⑬鲜车怒马：华丽车子，健壮大马。

⑭遨放：任意游乐。遨，游玩。放，任意，不受拘束。

⑮迨（dài）：等到。夫：那。

⑯夷犹：从容的样子。要眇：美好。

⑰之：至，到。

⑱诸：“之于”合音词。

⑲尝：曾经。

⑳暇豫：悠闲逸乐。

㉑荀卿氏：即荀况，战国时期赵国人，思想家、哲学家、教育家。著《荀子》一书。坚凝：坚固。《荀子·议兵篇第十五》：“兼并易能也，唯坚凝之难焉。”意思是说，用武力吞并一个国家容易做到，而要做到内部团结一致是最难的。

㉒“好以暇”以上几句：栾针，春秋时期晋国大夫。子

重，春秋时期楚国司马。《左传·成公十六年》子重问栾针，晋何以勇？栾针回答“好以众整”，即军队喜欢严整。再问，又说“好以暇”，即喜欢从容不迫。暇，悠闲从容。

㉓夫维：因为。夫，句首语气助词，无意义。

㉔斯：那么，就。

㉕可以：可以借此。觇（chān）：窥视，察看。已：语气助词，表示感叹，同“矣”。

㉖光绪六年：公元1880年。

【译文】

卜来敦，是英国的海滨，欧州的游览胜地。距离伦敦南一百六十余里，汽车大概两小时到达，为英国人游玩休息的地方。后面是带状的冈岭，前面则有高耸的石岸。好事者把一处石岸凿为大房子，在里面养鱼，注入清泉，鱼用玻璃罩着。世界四大洲的鱼类，奇奇怪怪的，全都收罗了来。在海水中又架木为长桥，陡然伸入海中数百丈，让游玩的人都能够攀扶木桥凭眺远方。桥尽处有演奏音乐的亭子。其余的地方就是浅草和平整的沙地，绿色的窗户和华美的建筑，与海水相互掩映，曲折绵延，一色青碧。城市中有十万居民，房子鳞次栉比，街市纵横，规模在一天天地扩大。这里本来就没有海水波涛汹涌的景象，商船聚集，没有操作机器的工人技师做工导致杂乱不洁，独以安静整洁取胜。每年会堂休会，游人全都来到这里休息。

每逢风和日丽，天光水色连成一片，本国男女游客，成群结队，嬉戏游玩，人们穿着各式衣服，美丽有如云霞。时不时有一两只游艇，在空濛碧绿中荡漾。显贵的大家族，则乘坐漂亮的车子，骑着骏马，并驾齐驱，任意遨游。等到暮色苍茫，灯火灿烂排列，音乐在水面上响起，与天风海浪相应和，回荡美妙，使人有飘飘欲仙、脱离人世间的感觉。我来伦敦的第二个月，富翁阿什伯里就引导我前往游览，便叹为绝好胜境，从此屡游不厌。又过了一年到别的国家，多次参观名胜古迹，但是卜来敦未曾一日忘怀，其使人眷恋竟至如此。

英国作为一个国家，号称繁荣强大，评说的人只是知其船坚炮巨，追求利益勇如驱车纵马，所以曾得志于天下，却不知他们国内的悠闲逸乐，竟有如此的境地。

从前荀况论立国唯凝聚团结为最难，而晋国使臣栾针对答楚国宰相子重，却说："军队喜欢严整。"又说："喜欢从容不迫。"只有凝聚团结，才能严整从容。像卜来敦那样子，便可从中看出人家的政教国情了。

大清前驻英参赞黎庶昌记，光绪六年七月。

（程徐李　撰）

观巴黎油画记

薛福成

光绪十六年春闰二月甲子[1]，余游巴黎蜡人馆[2]。见所制蜡人，悉仿生人，形体态度、发肤颜色、长短丰瘠[3]，无不毕肖。自王公卿相以至工艺杂流，凡有名者，往往留像于馆，或立或卧，或坐或俯，或笑或哭，或饮或博[4]，骤视之，无不惊为生人者。余亟叹其技之奇妙[5]。

译者称："西人绝技，尤莫逾油画，盍驰往油画院[6]，一观《普法交战图》乎[7]？"其法为一大圜室[8]，以巨幅悬之四壁，由屋顶放光明入室。人在室中，极目四望，则见城堡、冈峦、溪涧、树林，森然布列。两军人马杂遝[9]，驰者、伏者、奔者、追者、开枪者、燃炮者、搴大旗者[10]、挽炮车者，络绎相属[11]。每一巨弹堕地，则火光迸裂，烟焰迷漫，其被轰击者，则断壁危楼，或黔其庐[12]，或赭其垣[13]。而军士之折臂断足，血流殷地[14]，偃仰僵仆者，令人目不忍睹。仰视天，则明月斜挂，云霞掩映；俯视地，则绿草如茵，川原无际。几自疑身外即战场[15]，而忘其在一室中者。迫以手扪之，始知其为壁也，画也，皆幻也。

余闻法人好胜，何以自绘败状，令人丧气若此？译者曰：“所以昭炯戒[16]，激众愤，图报复也。”则其意深长矣。夫普法之战，迄今虽为陈迹，而其事信而有征[17]。然则此画果真邪[18]？幻邪？幻者而同于真邪？真者而托于幻邪？斯二者[19]，盖皆有之[20]。

【作者小传】

薛福成（1838—1894），字叔耘，号庸庵，江苏无锡人。清代文学家、外交家。同治年间入曾国藩幕府，参与机要，切磋文事，为“曾门四弟子”之一。光绪年间又为李鸿章幕僚。曾任直隶州知州、宁绍台道、湖南按察使。光绪十六年（1890）出使英、法、比、意四国，处理外交事务，考察西方政治科技，上疏革除弊政，借西学以图强，提倡工商富国。为文以政论文见长，曲尽事理，雄辩有力；又善于记叙，多有长篇，所记异国见闻，翔实生动，别有趣味。著有《庸庵全集》等。

【题解】

这篇文章选自《庸庵文外编》卷四，作者光绪十六年（1890）春出使法国时参观巴黎蜡人馆和油画院后所作。文章通过对普法两军交战的生动描写，赞扬了法国人不忘国耻的自强精神，表达了作者的忧患意识。

文中先描写巴黎蜡人馆中的蜡人“悉仿生人”，技艺高超。随后过渡到油画院作品《普法交战图》，作重点介绍。油画开幅，即用力渲染两军战前紧张气氛，然后点出八组动作各异的人物，再现两军激战画面，接着以巨大炮弹的破坏力及杀伤力，把战争的残酷性推向极致，最后以法军惨败收结。并借译者之口，高度评价法国人自绘败状以“昭炯戒，激众愤，图报复”的政治寓意。作者认为“其意深长”，可谓一语双关，引人深思：鸦片战争之后的大清帝国，难道不应该从中借鉴些什么吗？言已尽而意无穷，耐人回味。

【注释】

①光绪十六年春闰二月甲子：公元1890年阴历闰二月二十四日。

②蜡人馆：用蜡塑成人像的展览馆，用来纪念法国名人。

③丰瘠（jí）：胖瘦。

④博：棋一类赌输赢的游戏。

⑤亟（qì）：屡次。

⑥盍（hé）：“何不”合音词。

⑦普法交战：1870—1871年法国与普鲁士之间发生战争，最终法国战败，与普鲁士签订停战协定，割地赔款。

⑧法：布置方法。圜：同“圆”。

⑨杂遝（tà）：纷乱的样子。

⑩搴（qiān）：举。

⑪属（zhǔ）：连接。

⑫黔其庐：烟雾把房屋熏黑。

⑬赭（zhě）其垣（yuán）：烈焰把墙壁烧红。

⑭殷（yān）：染红。

⑮几：几乎。

⑯所以：用来。昭：昭示。炯（jiǒng）戒：明显的警示告诫。

⑰信：真实。征：证据。

⑱邪：同“耶”，相当于“吗”。

⑲斯：这。

⑳盖：大概。

【译文】

光绪十六年（1890）阴历闰二月二十四日，我游览巴黎蜡人馆，见到所制作的蜡人，全部仿照活人，形体神态、发肤颜色、高矮胖瘦，无不相像。从达官贵人到工艺家和各行各业的人，凡是有名望的，往往都在馆里留下了蜡像。有的站立，有的卧倒，有的坐着，有的弯腰低头，有的笑，有的哭，有的喝着酒，有的在博戏，猛然一看，没有不惊叹像是活生生的人。我也不停地感叹制作蜡人技术的奇妙。

翻译说：“西方人绝妙的技艺，没有超过油画的，您何不马上到油画院去看看《普法交战图》呢？”那幅油画展览在又大又圆的房子里，用巨大的画幅挂在四面墙壁上，从屋顶放光线照入室内，人站在室中，放眼四望，就可以看见城堡、冈峦、溪涧、树林，密密地分布排列着，敌我两军的人马乱在一起，骑马奔驰的，卧在地上的，逃跑的，追击的，开枪的，放炮的，拔大旗的，拉炮车的，连续不断。每当一发大炮弹落地时，就火光迸射，烟火弥漫，那些遭到炮击的地方，就见断壁危楼，有的熏黑了房子，有的烧红了墙壁，而折臂断腿的士兵，鲜血把地面都染红了，仰着趴着的死伤士兵，叫人不忍心去看。抬头仰望天空，明月斜挂，云霞与之相互衬托；低头看看地上，绿草像毯子一样，原野一望无边，几乎怀疑身外就是战场，而忘记自己原来是在一间屋子里。等到用手摸摸，才知道那是墙壁，是油画，都是画出来的。

我听说法国人好胜，为什么自己还要画打败仗的惨状，让人看了如此的丧气呢？翻译说："这是用来昭示明白的鉴戒，激起群众的义愤，以图谋报复啊。"如此说来，它的意义就很深远了。普鲁士和法国的战争，到现在虽然已经成为往事，但那是真实而且有依据的。既然如此，那么这幅画果然是真的吗？还是假的呢？是虚构的画符合真实的事，还是真实的事与虚构的画相合呢？这两种情况，大概都存在吧。

（程徐李　撰）

湖心泛月记

林　纾

杭人佞佛[1]，以六月十九日为佛诞[2]。先一日，阖城士女皆夜出[3]，进香于三竺诸寺[4]，有司不能禁[5]，留涌金门待之[6]。

余食既[7]，同陈氏二生霞轩、诒孙，亦出城荡舟为湖游。霞轩能洞箫[8]，遂以箫从。月上吴山[9]，雾霭溟蒙[10]，截然划湖之半。幽火明灭相间约丈许者六七处，画船也。洞箫于中流发声，声细微，受风若咽，而凄悄哀怨，湖山触之，仿佛若中秋气[11]。雾消，月中湖水纯碧，舟沿白堤止焉[12]。余登锦带桥[13]，霞轩乃吹箫背月而行，入柳阴中。堤柳蓊郁为黑影[14]，柳断处，乃见月。霞轩著白袷衫[15]，立月中，凉蝉触箫，警而群噪，夜景澄澈，画船经堤下者，咸止而听，有歌而和者。诒孙顾余："此赤壁之续也[16]。"余读东坡《夜泛西湖五绝句》[17]，景物凄黯。忆南宋以前，湖面尚萧寥，恨赤壁之箫[18]，弗集于此[19]。然则今夜之游，余固未袭东坡耳[20]。夫以湖山遭幽人踪迹，往往而类[21]，安知百余年后[22]，不有袭我者？宁能责之袭东坡也[23]？

天明入城，二生趣余急为之记[24]。

【作者小传】

林纾（1852—1924），字琴南，号畏庐，福建闽县（今福州）人。清末民初古文家、翻译家。光绪八年（1882）举人。壮年渡海游台湾，旋居杭州，主东城讲舍，曾在北京大学任教。早年参加资产阶级改良运动，以诗文宣传爱国思想。所作古文受到吴汝纶推重。论文主意境、识度、气势、神韵，文必己出，重在理字，与桐城派息息相通。与人合作，以文言文翻译欧西小说百余种，著有《畏庐文集》《续集》《春觉斋论文》等。

【题解】

这篇文章选自《畏庐文集》。林纾在经历了丧妻之痛后，从福州移居杭州，于光绪二十六年（1900）六月十八日游览西湖，并写下这篇意境优美的古文。

作者与陈氏二生在月夜泛舟西湖，吹箫而行，与苏轼《赤壁赋》描写的意境十分相似，而心境亦有相通之处。作者此记，始终紧扣一个“月”字，以游踪为主线，以箫声作渲染，以湖水、雾气、画船、柳荫、凉蝉、听客等作衬托，杂以人物对话、活动，组成一幅幽远秀美的图画，读之令人神往。而由“此赤壁之续也”引起的相关议论，尽显题旨，把一次寻常的月夜泛湖，上升到对人生境界的理性思考，又何尝不是作者隐痛之后的一种释怀？

【注释】

①佞（nìng）佛：迷信佛教。佞，媚，迷信。

②佛诞：佛祖的生日。

③阖（hé）：全。

④三竺（zhú）：杭州天竺山有“上天竺”“中天竺”“下天竺”三座寺院，简称“三竺”。

⑤有司：职有所司，指主管某一部门的官吏。司，主管，掌管。

⑥涌金门：杭州古城门之一，在杭州城西。

⑦既：结束，完成。

⑧洞箫：吹洞箫。名词活用作动词。

⑨吴山：又名胥山，在杭州西湖东南，杭州名胜之一。

⑩溟蒙：模糊不清的样子。

⑪中（zhòng）：遭受。

⑫白堤：西湖堤名，相传唐代白居易任杭州刺史时所筑。

⑬锦带桥：又称涵碧桥，在断桥西。

⑭蓊郁：茂盛浓密的样子。

⑮袷（jiá）：古代衣领相交在胸前的单衣。

⑯赤壁之续：苏轼《前赤壁赋》中记载与客泛舟赤壁（在今湖北省黄冈市）之下，有客吹洞箫，类似这次游览西

湖的情景，所以陈诒孙认为这次游西湖是赤壁之续。

⑰《夜泛西湖五绝句》：苏轼作于杭州任上，其中有“菰蒲无边水茫茫”等句，所以作者认为当时西湖“景物凄黯”“湖面萧寥”。

⑱恨：遗憾。

⑲弗：不。此：指当年苏轼夜泛西湖。

⑳固：本来。袭：沿袭。

㉑类：相似。

㉒安：怎么。

㉓宁（nìng）：难道。

㉔趣（cù）：催促。

【译文】

杭州人迷信佛教，把六月十九日作为佛祖的生日。此前一天，全城的善男信女全都在晚上出城，到三天竺等寺庙去进香，官府不能禁止，只得留下涌金门不关，以等待他们进香完毕后回城。

我吃完饭，和陈姓书生霞轩、诒孙二人，也出城泛舟，到西湖上游玩。霞轩会吹洞箫，于是带着洞箫相从。月亮升到吴山之上，雾霭朦胧，把西湖从中间截然划开。幽微的灯火一明一暗相间闪烁，相隔有一丈左右的六七处，那是装饰华丽的画船。洞箫在湖中响起，声音很小，被风一吹，像人在哽咽，伤感哀愁，湖山碰到它，也仿佛感染了秋气而肃杀悲凉。雾散了，月光中的湖水纯净碧绿。游船靠在白堤边停住。我登上锦带桥，霞轩则吹着洞箫，背向月亮前行，走进柳荫之中。堤上柳树茂密，遮成一团黑影，柳荫断缺的地方，才能看见月亮。霞轩穿着白袷衫，站在月光之下，寒蝉听到箫声，都警觉地叫了起来。夜景清明，画船经过堤下，也都停下来听箫，有为箫声唱歌应和的。诒孙回头对我说："此可承续赤壁之游。"我读苏东坡《夜泛西湖五绝句》，但见景物凄清黯淡，想起在南宋以前，湖面还很萧条寂寥，可惜当时苏轼游西湖，没有像游赤壁那样以箫助兴。既然这样，那么今夜的游玩，我本来就没有仿效苏东坡的意思，但以湖山遭遇隐居者的踪迹看，情形往往相似。怎么知道百年以后，没有人仿效我呢？怎么能责备今人仿效苏东坡呢？

天亮后回到城里，两个陈姓书生催我赶紧记下这件事。

（程徐李　撰）

西山精舍图记[①]

姚永朴

西山精舍者，吾家旧宅也。初，吾父自安福谢官归[②]，寓皖两年[③]，后以大母嗜静[④]，更买宅邑西挂车山中，筑精舍于旁，吾兄弟读书其中。西北山峦峻绝，独至吾宅乃平夷[⑤]，其水石林木，清深幽靓，视龙眠、浮渡不逮也[⑥]。

然吾家居此数年，大母年方七十，诸孙先后娶妇生子，孙女幼者犹未嫁。大母居宅西偏，庭中杂植梅、杏、荼蘼、丹桂诸花[⑦]，一岁中红紫常不绝。每风日稍佳，吾父必奉酒为大母寿，永朴兄弟辄以次立，捧壶觞。或眺门外，则操几杖从焉[⑧]。长孙女岁时来宁[⑨]，则大母为加餐，逮去恒愀然[⑩]。永朴兄弟以事入城，届期反[⑪]，反或日暮，大母辄遣人走迎数里[⑫]。每行抵家，逾山角枫林，则见灯光荧然，所畜犬闻人声惊吠，大母必隔溪遥讯，知已归乃喜。其后吾父再任安福，大母犹康强就养，永朴兄弟皆随侍。

冯君小白为图旧宅[⑬]。今大母亡矣，顾披是图而精神之寄于是者，独历历若存，绝不意其为十年以前事也。

壬辰夏⑭，永朴授经旅顺⑮，去家数千里，宵深兀坐⑯，怆思往事，而记其略如此。

【作者小传】

姚永朴（1861—1939），字仲实，晚号蜕私老人，桐城人。清末民初文学家、学者。祖父姚莹、父姚濬昌皆有文名。姚永朴幼秉庭训，刻苦读书，曾师事方宗诚、吴汝纶等乡邑前辈，又拜曾国藩门生张裕钊为师，常与弟永概、姊夫马其昶、妹夫范当世切磋诗文。光绪二十年（1894）中举。民国时期，先后执教于北京大学、东南大学、安徽大学等校。其文“谨厚诚挚，蔼然儒者之言”，于诸儒经说，无不融会贯通，博稽约取，自成一家。著有《蜕私轩集》等。

【题解】

这篇文章选自《蜕私轩集》卷五，作于光绪十八年（1892），作者时在旅顺教授经学。

西山精舍，是姚永朴家的老房子，在桐城西边的挂车山中，距离县城三十里，作者三兄弟曾在这里生活学习多年。先辈故去，兄弟各奔东西，但挂车山中的老房子难以忘怀，为留住儿时记忆，作者先后请画师绘就多幅《西山精舍图》，本文所记即是其中一幅，为画师冯小白所绘。

文章开头介绍西山精舍建筑缘起及其所处环境，引出下文，选取居住西山精舍某个时段，分别叙述为祖母祝寿、携几杖随侍祖母、大孙女回娘家、兄弟们入城而回等几个具体片断，寥寥数语，逼真地再现了儿孙辈敬重祖母、祖母慈爱儿孙辈的温馨场面。其中日暮人归、闻声犬吠的乡村场景，尤其动人心魄，读来十分感人。

本文以画师所绘《西山精舍图》为引线，以回忆祖母为主题，运用白描手法，选材虽细小，却能凸显人物精神风貌，字字见真情，体现了桐城派“雅洁”的文风。

【注释】

①西山精舍：在桐城西边挂车山中，作者父亲姚濬昌于光绪三年（1877）修建，后又有增建。

②安福：县名，在江西省。同治年间，姚濬昌任安福知县。谢：辞谢，辞掉。

③皖：此指安庆，旧时安庆亦别称“皖”。姚永概《西山精舍记》：“光绪丁丑（即光绪三年），吾父既弃官归寓于郡城，乃营西山之屋而居之。”郡城，即府城安庆。

④大母：祖母。嗜（shì）：喜欢。

⑤乃：才。平夷：平坦。

⑥不逮：比不上。

⑦荼蘼（mí）：即酴醾，落叶灌木，初夏开花。

⑧几杖：坐几、手杖。

⑨来宁：已婚女子回娘家看望亲人，多指看望父母。

⑩愀（qiǎo）然：不愉快的样子。

⑪反：“返”的古字，返回。

⑫走：跑。

⑬冯君小白：冯世定，字黟夫，清代山阴（今浙江绍兴）人，擅画山水。图：绘。

⑭壬辰：指清光绪十八年（1892）。

⑮旅顺：今属辽宁大连。

⑯兀坐：独自端坐。

【译文】

西山精舍，是我家的旧房子。起初，我的父亲姚濬昌从安福县辞官回来，在安庆城里住了两年，后来因为祖母喜欢安静，又在桐城西边的挂车山中买了房宅，在房宅的旁边修造了精舍，我们兄弟就在这里读书。房宅的西北方向，山峦高峻，唯独到我家房宅的地方就变得很平坦了。这里水石林木，清深幽静，风景秀美，但相比龙眠山、浮山的风景，还是要次一些。

然而我家在这里居住多年，其时，祖母年届七十，几个孙子先后娶妻生子，年幼的孙女还没有出嫁。祖母住在宅靠西一边，庭院中栽了梅、杏、荼蘼、丹桂等花树，一年之中都开着红的紫的花，没有间断过的。每当天气稍好的时候，父亲一定敬酒为祖母祝福，我们兄弟们就依次站立，捧着酒器。有时祖母出门远眺，我们就带着坐几和手杖，跟在她后面。大孙女节日回娘家看望亲人，祖母因为高兴胃口都好了，等到要回去时，总闷闷不乐。我们兄弟因事进城，总是及时返回，有时回来晚了，祖母就派人跑到数里外去迎接。每次回家，过了山的拐角枫树林，就能看见微弱的灯光，家里养的那只狗，听到人声就大叫起来，这时祖母隔着山溪，一定远远地问讯一声，知道是我们回来，才高兴起来。后来我父亲再到安福任知县，祖母身体还很健康，便一起去了安福，我们兄弟也都跟着去侍奉祖母。

画师冯小白先生为我们绘成旧宅图。现在祖母已离开我们了，但展开这幅图画，其精神犹寄托在图中，往日的情景仍历历在目，绝对想不到这是十年前的事。

壬辰年（1892）夏天，我在旅顺讲授经书，离家数千里，深夜独坐，悲思往事，记下其大略如此。

（程徐李　撰）

高中单元

这一单元学习桐城派书序和赠序类文章。

“序”作为一种文体，大体可分为书序和赠序两种。书序是写在著作或诗文前面的说明性文字，赠序则用于赠别、庆贺等，内容多表达惜别、祝愿、劝勉、誉扬之意。这里所选的十篇文章，多为书序，也有赠序，但都反映了桐城派的文论主张和对世事人生的看法。通读之后，可以较为清晰地了解桐城文学理论的生成脉络，以及桐城派兴衰起伏的变化轨迹，对桐城派何以发源于桐城，何以风靡全国，能有一个切近的体会。通过对所选各位名家之作的梳理与分析，不难看出，桐城派能够从桐城一邑登上清代文坛高地，引领风骚二百余年，与桐城本土深厚的文化积淀、自成体系的文论建树、守正创新的行动自觉密不可分，而文中显露的师生共勉、知己相惜之情，胸怀高远、聚力开拓之意，正是桐城派一路前行的不竭动力。

（方宁胜　撰）

龙眠古文初集序

张 英

桐邑居大江之北，其地介吴、楚[1]。其县治倚龙眠山麓，岭岫绵亘[2]，百泉奔汇。其山之秀异特出者，则又有二龙、浮渡、白云诸峰[3]，雄奇崒嵂[4]，峙于境内。平湖百里，潆洄曲折而与之俱。其地灵之结聚，风气之蟠郁[5]，洵江南之奥区也[6]。生斯地者，类多光伟磊落之士[7]，数百年间，名公卿大夫、学人才人，肩背相望[8]。官于朝者，皆能区明风烈[9]，建立事功。或以直谏名，或以经济显，或以文学为时所推重，卓然有所表见，而不苟同于流俗。予初入仕版时[10]，每于岩廊宁会之间[11]，得接见海内耆儒宿老[12]，必召而进之曰："而桐士也。端重严恪[13]，不近纷华[14]，不逐势利[15]，虽历显仕[16]，登津要[17]，常欿然若韦素者[18]，此桐城诸先正家学也[19]。新进之士，于众中觇其气度，多不问而知其为桐之人。"予志斯语久矣。十余年来，兢兢无敢失坠[20]。

间尝窃叹宇内士大夫家，或一再传而止。吾里多阀阅[21]，先后相望，或十数世，或数百年，蝉联不替[22]。此皆由先达敦硕庞裕之气有以留之[23]，而享之者或未之知也。吾闻先正训子弟读书法，以六经为根源，以诸史为津梁[24]，以先秦、两汉之文为堂奥[25]，以八家为门户，崇尚实学[26]，周通博达，能不为制举业所缚束。涵濡既久[27]，能振笔为古文词者，代有传人。朝堂之文昌明剀直[28]，性理之文深醇奥衍，传记之文条理详赡，酬答赋赠之文温文尔雅。盖由先达之人往往安静恬裕，不汲汲于奔兢进取之途[29]，不汶汶于声华靡丽之物[30]，且幼而知所学习，故其为文皆有根据，不等于朝华而夕落也。呜呼！“惟桑与梓，必恭敬止”[31]，奉先人之桮棬而口泽存焉[32]，敬小物也，况兹经国之业，不朽之事，是乌可以不传乎哉！

芥须、存斋惧先业之不彰[33]，搜罗评定为若干卷，梓而传之[34]。吾里数百年来之人文，阐幽光而发潜曜[35]，甚盛事也。二公之意宁惟是文焉而已乎[36]？俾吾里先正之子若孙，由昔人之文章，追溯其道德、学问、事功、经济、器度、识量，而发其尊祖敬宗之心，启其崇学返古之志。则是编也，又不仅桑梓恭敬之心，桮棬口泽之思而已也。海内之人，平昔仰止先正之音容者，今复得诵习其文章，而因以想象吾里山川、风气、人物、邑居之概，亦于是焉赖之。况今圣天子崇奖文学，纂修前史，是编所载足裨掌故而存国是，可以上佐金匮石室之藏[37]，所关岂渺小也哉？予请假家居，适见是书之成，不敢自掩固陋，敬濡笔而序之[38]。

【题解】

这篇文章选自《笃素堂文集》卷四，作于康熙二十二年（1683）。

《龙眠古文初集》也称《龙眠古文一集》，由桐城文士李雅、何永绍等选编，成书于康熙年间，是第一部桐城古文选集，共二十四卷，收录桐城明代至清初九十三位作者古文三百三十五篇，既是对这一时期桐城古文的系统梳理，也是对本地区地域文学特征的总体呈现，有助于人们更好了解清代桐城派的成因与渊源。

张英在这篇序文中，称赞了桐城秀丽的山川和盛大人文气象，揭示了桐城士人特有的精神气质与处世方式，剖析了桐城古文兴盛不衰、独具风貌的深层原因，在肯定编选者搜罗评定之功的同时，也对桐城后辈接续文脉、光大传统，寄予了殷切的期望，读之令人感奋不已。

【注释】

①介：处在两者之间。

②岭岫（xiù）：山岭。

③二龙：即位于桐城南部的大龙山、小龙山，因绵亘起伏，层峦叠嶂，蜿蜒如龙而得名，在今安庆市宜秀区境内。浮渡：即浮山，在今安徽省枞阳县境内。白云：即白云岩山，在今安徽省枞阳县境内。

④崒（zú）嵂（lǜ）：高峻。

⑤蟠（pán）郁：盘曲郁结。

⑥洵（xún）：诚然，确实。奥区：腹地。

⑦类多：大多。

⑧肩背相望：谓相继而起，连续不断。

⑨区明：区分明晰。风烈：风教德业。

⑩仕版：旧指记载官吏名称的簿册，借指仕途、官场。

⑪岩廊：高峻的廊庑，这里借指朝廷。宁（zhù）：门屏之间。

⑫耆（qí）儒：年高博学的读书人。宿老：老前辈。

⑬端重：端庄稳重。严恪：庄严恭敬。

⑭纷华：繁华，富丽。

⑮迩：近。

⑯显仕：高官，显宦。

⑰津要：比喻显要的地位。

⑱欿（kǎn）然：不自满、有所欠缺的样子。韦素：韦布素衣，指家世清寒。

⑲先正：亦作“先政”。前代的贤臣，也泛指前代的贤人。家学：家族世代相传之学。

⑳兢（jīng）兢：小心谨慎的样子。失坠：丧失。

㉑阀阅：功勋。指祖先有功业的世家、巨室。

㉒蝉联：绵延不断，连续相承。

㉓先达：有德行学问的前辈。敦硕：壮实高大。

㉔津梁：渡口和桥梁。比喻能起引导、过渡作用的事物和方法。

㉕堂奥：房屋的深处，借指深奥的道理或深远的意境。

㉖实学：指中国古代一种以“实体达用”为宗旨、以“经世致用”为主要内容的思想潮流和学说。此指切实有用的学问。

㉗涵濡：滋润，沉浸。

㉘剀（kǎi）直：恳切直率。

㉙汲汲：心情急切的样子，引申为急切追求。

㉚汶（mén）汶：玷辱，污浊。

㉛惟桑与梓，必恭敬止：语出《诗经·小雅·小弁》。意思是指见到故乡的树木就会联想到是先人手植，因而要满怀敬意地去爱护。东汉以来一直以“桑梓”借指故乡。

㉜桮（bēi）棬（quān）：一种木质的饮器。口泽：谓口饮润泽。

㉝芥须：即李雅，字士雅，号芥须，桐城人。明崇祯末年贡生。授江西崇文县教谕。晚年乡居，筑东皋草堂于东郭外，与友人何永绍等编选《龙眠古文》二十四卷。存斋：指何永绍，字令远，号存斋，桐城人。康熙间廪膳生。有《宝树堂集》存世。

㉞梓：刻板，付印。

㉟幽光：微弱的光。潜曜：隐去光芒。

㊱宁（nìng）：难道。

㊲金匮（guì）石室：古代国家秘藏重要文书的地方。匮，柜子。

㊳濡笔：蘸笔书写或绘画。

【译文】

桐城县位于长江以北，地处吴、楚之间。县城靠着龙眠山脚，山岭绵延不断，百川奔流汇集。山色奇秀尤为突出者，又有二龙、浮渡、白云诸峰，雄奇高峻，耸立境内。平湖方圆百里，水流回旋曲折，与其相并而行。此地山川灵气集结聚合，风尚习俗盘曲郁结，实在称得上江南的精华之地。生长在这地方的人，大多是光明伟岸磊落之士，数百年间，有名的达官显贵、学者才子，相继而起，不断涌现。在朝廷做官的，都能明辨风操，建立功业。有的以直言敢谏知名，有的以经世济民显扬，有的以文学成就为当时人所推崇敬重，高远特立，有所表现，而不随意附和社会上流行的习俗风气。我刚刚步入仕途时，每每在朝堂之上，与海内德高望重的老儒前辈见面，必定被招呼到面前来说："你是桐城人士。端庄稳重，严谨恭敬，不追逐繁华富丽，不趋附权势财利，即使身居高官，登上要职，也常常不骄傲自满，如同家世清寒之人，这是桐城历代先贤相沿不废的传统。后起之秀，从众人中观察其气度，大多不需询问就知道是桐城人。"我把这句话记在心里很久了。十多年来，小心谨守，不敢废失。

我有时感叹海内士大夫之家，有的传承一世两世就中止了。我家乡祖上有功业的世家巨室众多，先后相继，有的十几世，有的数百年，绵延不绝。这都是因为先哲丰厚高尚的风气存留下来，而后世受益者却不一定知道其中缘故。我听说先贤教导子弟读书的方法，以六经为根源，以诸史为桥梁，以先秦、两汉的文章为精髓，以唐宋八家为法度，崇尚明体达用之学，触类旁通，博学明达，能够不被科举时文所束缚，受到滋润久了，能够提笔写古文词的，代有传人。庙堂文章昌明直率，性理文章深奥醇厚，传记文章条理翔实，酬答赋赠文章温文尔雅。这都是因为前辈先贤往往安静平和，淡泊自足，不急迫地奔走于功名利禄之途，不被声色浮华之物所污染，而且从小就知道学习什么，因此写文章都有深厚的基础，不至于昙花一现。唉呀！“惟桑与梓，必恭敬止”。保存先人的饮水器具，是因为上面留有先人的润泽，而敬惜这些微细之物，何况是能经邦治国、自致于不朽的文章，这怎么能够不传下去呢！

芥须、存斋担忧先人的名山事业不显，搜罗他们的文章编定为若干卷，刻印传播开来。我县数百年来的人文因之释放出潜隐的光辉，这是一件十分盛大的事情啊。二位先生的意图难道仅仅在文章方面么？是想让我县先贤的子孙，从过去人的文章追溯到他们的道德、学问、功绩、经济、器度、见识，从而激发其尊敬祖宗的意识，开启其崇尚学习、复归古朴的志向。那么这本书，又不仅仅体现热爱家乡的用心，珍惜先贤遗泽的情思而已。海内之人，平时景仰先贤形象，现在又能够诵习他们的文章，进而想象我县山川、风气、人物、家居的概貌，也可从这里找到佐证。况且当今圣明天子推崇奖励文学，纂修前朝历史，那么这本书所记载的内容足可以补充史实，保存国家大政，可以对上丰富国家图书文献收藏，它所关联的怎么微不足道呢？我请假在家居住，正好见到这本书编成，不敢遮掩自已的见闻不广，恭敬地提笔为之作序。

（方宁胜　撰）

送姚姬传南归序

刘大櫆

古之贤人，其所以得之于天者独全。故生而向学[1]，不待壮而其道已成；既老而后从事[2]，则虽其极日夜之勤劬[3]，亦将徒劳而鲜获[4]。

姚君姬传甫弱冠[5]，而学已无所不窥，余甚畏之。姬传余友季和之子[6]，其世父则南青也[7]。忆少时与南青游，南青年才二十；姬传之尊府方垂髫未娶[8]。太夫人仁恭有礼[9]，余至其家，则太夫人必命酒，饮至夜分乃罢。其后余漂流在外，倏忽三十年[10]，归与姬传相见，则姬传之齿[11]，已过其尊府与余游之岁矣。明年，余以经学应举[12]，复至京师。无何，则闻姬传已举于乡而来[13]，犹未娶也。读其所为诗、赋、古文，殆欲压余辈而上之。姬传之显名当世，固可前知。独余之穷如曩时[14]，而学殖将落[15]，对姬传不能不慨然而叹也。

昔王文成公童子时[16]，其父携至京师，诸贵人见之，谓宜以第一流自待。文成问何为第一流，诸贵人皆曰："射策甲科为显官。"[17]文成莞尔而笑[18]："恐第一流当为圣贤。"诸贵人乃皆大惭。今天既赋姬传以不世之才[19]，而姬传又深有志于古人之不朽[20]，其射策甲科为显官，不足为姬传道；即其区区以文章名于后世[21]，亦非余之所望于姬传。

孟子曰："人皆可以为尧、舜。"[22]以尧、舜为不足为，谓之悖天[23]；有能为尧、舜之资，而自谓不能，谓之慢天[24]。若夫拥旄仗钺[25]，立功青海万里之外[26]，此英雄豪杰之所为，而余以为抑其次也[27]。

姬传试于礼部[28]，不售而归[29]，遂书之以为姬传赠。

【题解】

这篇文章选自吴孟复标点的《刘大櫆集》卷四。姚姬传，即姚鼐，为桐城派集大成者。

清乾隆十五年（1750），刘大櫆被同乡张廷玉举荐，赴京城参加经学选拔考试，未被录取，留京授徒。第二年，年方二十岁、刚刚中举的姚鼐，满怀信心进京参加礼部会试，却不幸落榜，将归桐城。作为姚鼐的长辈和老师，刚刚经历考试失利打击的刘大櫆，自然知道姚鼐的才学与抱负，理解其科场受挫的沮丧心情，因此在其南归之时，作序相赠，劝勉他不以一时得失为意，立志学习圣贤，以立德为要。姚鼐深受感动，后来在《祭刘海峰先生文》中，曾记述这件事。

本文以"古之贤人"起笔，为后面的议论申说奠定基调；随后对姚鼐作出由衷的赞许和评价，又插入他自己与姚鼐伯父、父亲长达几十年的交谊，由姚鼐的德行才学、年少有为，映衬自己的“穷如曩时，而学殖将落”，以此增强言辞教诲的说服力与亲切感。其后转入说理，以明代大儒王阳明为例，希望姚鼐把立德作为做人的最高境界，矢志以求。在写作方法上，本文以师生、古今、圣贤之说与偏见谬论相比照，突出尚贤立德的价值取向，同时采用错综变化的表现手法，融情于理，叙议结合，加强文章的艺术感染力，也有助于人们了解刘大櫆这位桐城派大家面对挫折失败时的人生态度和心路历程。

【注释】

①向学：立志求学；好学。

②从事：指投身于学习。

③极：穷尽。勤劬（qú）：辛劳，勤苦。

④鲜（xiǎn）：少。

⑤甫弱冠：刚刚二十岁。甫，刚刚，方始。弱冠，《礼记·曲礼上》：“二十曰弱，冠。”意即二十岁为弱，举行加冠礼，表示成人。后以弱冠指代男子二十岁。

⑥季和：即姚淑，字季和，姚鼐父亲，刘大櫆挚友，一生布衣，终身未仕。

⑦世父：伯父。南青：即姚范，字南青（一作南菁），号薑坞，乾隆进士，官编修。著有《援鹑堂文集》《援鹑堂诗集》《援鹑堂笔记》等。姚鼐早年跟从姚范学习经学。

⑧尊府：对别人父亲的尊称，此处指姚鼐的父亲。垂髫（tiáo）：指童年。头发下垂，不加扎束。古代年少未成年时不束发，故以“垂髫”指代童年。

⑨太夫人：指姚鼐祖母。

⑩倏（shū）忽：一转眼，很快。

⑪齿：指年龄。

⑫经学应举：指乾隆十五年（1750）诏举“经学”，刘大櫆应同乡大学士张廷玉举荐进京参加考试，未被取中。经学，清代科举之外的一种特科考试名目，考生须由内外大臣举荐，方能应考。

⑬举于乡：姚鼐于乾隆十五年乡试中举。

⑭穷：指各方面的不得志。曩（nǎng）：过去，从前。

⑮学殖：指学问的积累增长。语出《左传·昭公十八年》：“夫学，殖也。不学，将落。”落：坠落，降落。此谦称自己年纪大了，在学问上只会后退，不会再前进了。

⑯王文成：王守仁（1472—1529），字伯安，号阳明，浙江余姚人。明代政治家、哲学家、古文家。“文成”是他的谥号。

⑰射策甲科：考中进士。射策，汉代选士的一种以经术为内容的考试方法。考官出题，书之于策，分甲乙两科，列置桌上，由考生随意取答，考官据题目难易和所答内容评定优劣，上者为甲，次者为乙。明清两代无射策之法，通称进士为甲科，举人为乙科。

⑱莞（wǎn）尔：微笑的样子。

⑲不世：罕有，非常。

⑳不朽：永不磨灭。《左传·襄公二十四年》："太上有立德，其次有立功，其次有立言。虽久不废，此之谓不朽。"作者即本此立意。

㉑区区：小、少，微不足道。名：传名。

㉒人皆可以为尧、舜：语出《孟子·告子下》，意为每个人都可以做像尧、舜一样的圣贤。

㉓悖（bèi）天：违背天理。意思是说依据上天所赋予人的资质，每一个人都可努力做到圣贤。若自己不加努力，那就违背了上天把这种资质赋予人的本意。

㉔慢天：怠慢天意。作者这样反复讲，主要是勉励人立志向上，不要说自己不能做到圣贤"不朽"的境地。

㉕拥旄（máo）仗钺（yuè）：举着旗子，拿着武器，指将帅出征。旄，古代用牦牛尾做装饰的旗。钺，古代兵器名，似斧而稍大。古时贵官出行都有擎旗持兵器的仪仗。

㉖青海：唐代与吐蕃多在青海等地交战，诗人常常歌咏及此。此处借言"立功"。

㉗抑：还是。作者强调立志作圣贤，也承认"立功"是"英雄豪杰之所为"，只不过比之"立德"，"立功"还是次一等的。

㉘试于礼部：指姚鼐参加在京城举行的礼部会试。

㉙不售：没有考中。

【译文】

古代的圣贤之人，也许因为他们得到上天特别的眷顾成全吧，所以一生下来就爱学习，不到成年就学有所成了；如果真等老了再去学习，那么即使夜以继日全力勤学，也将是白费辛劳而少有所获。

姚君姬传刚刚二十岁，就已经无所不学了，我很敬畏他。姬传是我朋友季和的儿子，他的伯父就是南青先生。追忆自己年轻时与南青交往，南青才二十岁；姬传的父亲还是个孩童，没有娶妻。姬传的祖母仁义恭敬很有礼节，我到姚家去，他的祖母都一定要摆酒设宴，一直饮至半夜才散席。此后，我一直漂泊在外，转眼三十年，回乡与姬传相见，这时姬传的年龄，已经超过他父亲与我交往时的岁数了。第二年，我被举荐参加经学考试，再次来到京师。不久，就听说姬传已经乡试中举来京参加会试，还没有娶妻成家。我读他的诗赋古文，觉得几乎要超过我们这辈人了。姬传能够闻名于当世，本来早就预料到的。只有我还像从前一样穷困不得志，而学问上只会后退，不会再前进了，面对姬传不能不感慨而兴叹啊。

从前王文成是个孩童时，他的父亲带他到京城，京城的贵人见了他，都说应该以第一流期许自己。王文成问什么是第一流，那些贵人都说："考中进士，做大官。"文成微微一笑："恐怕第一流应当是成为圣贤。"诸贵人都非常惭愧。现在上天既然赋予姬传以非凡的才华，而姬传也有志于古人所说的立德、立功、立言，那考中进士，做大官，不值得向姬传言说；就是凭文章扬名于后世，也不是我对姬传的期望。

孟子说：“人人都可以成为尧、舜一类的圣人。”认为尧、舜一类圣人不值得去做，那是违背天理；有能成为尧、舜一类圣人的天资，自己却说做不到，那是怠慢天意。至于举着大旗，手持武器，在万里之外的边疆杀敌建功，这是英雄豪杰所做的事，而我认为或许还是属于其次。

姬传参加了礼部会试，没有考中要回去了，于是我就写了这篇序赠送给姬传。

（方宁胜　撰）

刘海峰先生八十寿序

姚　鼐

曩者[1]，鼐在京师，歙程吏部、历城周编修语曰[2]：“为文章者，有所法而后能，有所变而后大。维盛清治迈逾前古千百[3]，独士能为古文者未广。昔有方侍郎[4]，今有刘先生，天下文章，其出于桐城乎[5]！”鼐曰：“夫黄、舒之间[6]，天下奇山水也，郁千余年[7]，一方无数十人名于史传者[8]。独浮屠之俊雄[9]，自梁、陈以来[10]，不出二三百里，肩背交而声相应和也[11]。其徒遍天下，奉之为宗。岂山川奇杰之气有蕴而属之邪[12]？夫释氏衰歇[13]，则儒士兴，今殆其时矣[14]。”既应二君[15]，其后尝为乡人道焉。

鼐又闻诸长者曰：“康熙间，方侍郎名闻海外。刘先生一日以布衣走京师[16]，上其文侍郎。侍郎告人曰：‘如方某何足算耶[17]！邑子刘生，乃国士尔[18]。’闻者始骇不信，久乃渐知先生。”今侍郎没[19]，而先生之文果益贵。然先生穷居江上[20]，无侍郎之名位交游，不足掖起世之英少[21]。独闭户伏首几案[22]，年八十矣，聪明犹强[23]，著述不辍[24]，有卫武《懿》诗之志[25]，斯世之异人也已[26]。

鼐之幼也，尝侍先生，奇其状貌言笑，退辄仿效以为戏。及长，受经学于伯父编修君[27]，学文于先生。游宦三十年而归[28]，伯父前卒[29]，不得复见。往日父执往来者皆尽[30]，而犹得数见先生于枞阳[31]。先生亦喜其来，足疾未平，扶曳出与论文[32]，每穷半夜。

今五月望[33]，邑人以先生生日为之寿。鼐适在扬州，思念先生，书是以寄先生[34]。又使乡之后进者[35]，闻而劝也[36]。

【题解】

这篇文章选自《惜抱轩文集》卷八，作于乾隆四十二年（1777），是姚鼐的一篇名文。虽是为其师刘大櫆庆寿而作，却绝非一般意义上的应酬文字。除深具文学价值以外，对于了解桐城文派历史来说，亦颇多认识上的意义。具体如下。

其一，姚鼐认为桐城地理位置处于黄、舒之间，山川奇杰之气到清代新有所属，必将出现“释氏衰歇，则儒士兴”的局面，这就揭示了桐城文派得以产生的深厚的自然、人文背景。

其二，他揭示了桐城派三祖的主要师承脉络。如刘大櫆在古文上师承方苞，姚鼐在经学上师承姚范，在古文上师承刘大櫆。并从中可以看出老师除传道、授业以外，对学生的识拔、奖掖、期望、鼓励之情；学生除受业以外，对老师的敬重和倾慕之心。这种道德学问的传授，加上情感的交流，极容易形成浓郁的地域文化气氛，从而为一个文派作家群的出现，提供人才上的有力保障。

其三，从文中所转述的“天下文章，其出于桐城乎”这句话，可见桐城人擅写文章在当时的知识界已成为一种较普遍的认识，而“昔有方侍郎，今有刘先生”，再加上曾亲炙刘大櫆的姚鼐自己，则桐城派三祖的形象就呼之欲出了。这实际上是要言不烦地将桐城派成形的过程及桐城派的文统给清晰地勾勒了出来。

其四，文中转述的“为文章者，有所法而后能，有所变而后大”，确为见道之言，虽非姚鼐发明，但最为姚鼐所重视，经过他的阐发，被后起的桐城派作家奉作学文的不二法门。因为有所取法才能入门，有所创新才能自成一家。只强调前者将会故步自封，只强调后者则属大言欺世。只有把两者结合起来，才能相辅相成，圆通广大，走上文学的康庄大道。这种既务实又高明的学文方法，使得桐城派拥有了无数的信奉者，造成了巨大的声势，影响遍及海内外。

其五，历来都认为桐城派是反对白话文的，其实不然。桐城派作的虽是文言文，但经过方苞等人的改造，已将传统文言中诘屈聱牙的纯地域性、纯时代性的杂质清理殆尽，故文从字顺，明白如话，具有一种历时性、普世性。这种浅显的文言到近代经过梁启超的进一步改造后，就构成了胡适、陈独秀等人所提倡的白话文的一个重要来源。如姚鼐此文很多用语就接近口语，富有表现力。有人说梁启超、胡适、陈独秀等人早年都曾受过桐城派的影响，当是实情。由此也可以看出桐城派在新旧文学转型中，起到了关键的媒介作用。

【注释】

①曩（nǎng）：以前。

②歙（shè）：县名，在今安徽省黄山市。程吏部：名晋芳（1718—1784），字鱼门，号蕺园，歙县人。乾隆三十六年（1771）进士。授吏部主事，后任四库全书馆编修。书成，擢翰林院编修。为刘大櫆的弟子，姚鼐的挚友。周编修：名永年（1730—1791），字书昌，历城（今山东济南）人。乾隆三十六年进士。后因入馆编纂《四库全书》，钦赐翰林院庶吉士，散馆授编修。

③维：语助词，无义。盛清治：强盛的清朝统治。迈逾前古千百：超过前代千百倍。

④方侍郎：指方苞（1668—1749），字凤九，一字灵皋，晚号望溪，桐城人。清代古文家，桐城派创始人。康熙四十五年（1706）中会试第四名，累官礼部侍郎。

⑤其：同“岂”，表示揣测、反诘。

⑥黄、舒：黄州、舒州。

⑦郁：积。

⑧一方：这一带。

⑨浮屠：佛，为梵语的音译，此处指佛教徒。俊雄：

才能出众的人。

⑩梁、陈：皆为南朝朝代名。

⑪肩背交：人与人肩背相交，形容人多。

⑫蕴：蓄积。属：归属。

⑬释氏：释迦牟尼，为佛教创始人，故通常以“释氏”指佛教或佛教徒。

⑭殆：大概，恐怕。

⑮应：应承，回答。二君：指程晋芳、周永年。

⑯布衣：平民，多指没有做官的读书人。

⑰何足算耶：怎么算得上呢？

⑱邑子：同县之人，同乡。国士：一国之中才能出众的人。尔：同“耳”，语气词。

⑲没：逝世。

⑳江上：长江之畔。桐城县东乡枞阳濒临长江，故如此说。

㉑掖起：奖掖，提拔。英少：英俊有才华的少年。

㉒伏首几案：埋头于案上读书、著述。

㉓聪明：耳聪目明。

㉔不辍：不停。

㉕卫武《懿》诗之志：卫武即春秋时卫武公姬和。《诗经·大雅》中的《抑》篇，相传为卫武公晚年为警诫自己而作。懿，同“抑”。这里指刘大櫆虽然年高，犹好学不倦。

㉖斯世：当代。异人：不同寻常的人。

㉗编修君：指作者的伯父姚范。姚范曾任翰林院编修。

㉘游宦：在外做官。

㉙伯父前卒：姚鼐于乾隆三十九年（1774）辞官回乡，而此前姚范已于乾隆三十六年（1771）去世。

㉚父执：父亲的同辈。

㉛数（shuò）：屡次。枞阳：枞阳镇，旧属桐城。

㉜扶曳（yè）：搀扶。曳，牵引。

㉝望：农历每月十五日称“望”（有时是十六日或十七日）。

㉞书是：写了这篇文章。

㉟后进：后辈。

㊱劝：勉力，努力。

【译文】

以前，我在京城为官，歙县程吏部、历城周编修告诉我：“写文章的人，有所取法才能入门，有所创新才能发扬光大。大清朝的统治在很多方面都超越了以前的朝代，只是擅长写古文的人还不是很多。过去有方侍郎，现在有刘先生，天下的文章，大概都出自桐城吧！”我回答说：“从黄州到舒州之间，是天下奇山异水最集中的地方。沉默压抑了一千多年，没有几十个人留名于史册。只有佛教中的一些杰出人物，自南朝梁、陈以来，在不超过二三百里的范围之内，大量出现，摩肩接踵，遥相呼应。这些人的门徒遍天下，都奉他们为宗主。难道是山水所蕴蓄的奇杰之气都被佛教徒拥有了吗？但佛教衰歇之后，儒生就会兴起，或许现在就到时候了。”我就用这个话回应了程、周两位先生，以后还曾将这个话讲给同乡的人听。

我又听多位长辈说：“康熙年间，方侍郎名传海外。刘先生以布衣身份到京城去，把自己的文章呈送给方侍郎看。方侍郎看后对人说：‘像我方苞这样的人算得了什么呢？我同县的一个刘姓后生，那才是国家的顶级人才！’听到这个评价的人都非常惊讶，开始并不相信，时间长了，才对刘先生逐渐有所了解。”现在方侍郎已经离世，而刘先生的文章果然更为人看重。但刘先生隐居在长江边上，缺乏侍郎那样的名望交游，没有条件提携青年才俊，只是在家中伏案读书写作。现今八十岁了，还是耳聪目明，仍不停地著书立说，有春秋时卫武公在《抑》诗中所表达的志向，真算得上是当今这个时代的一位不同寻常的人物。

我小的时候，曾随侍刘先生左右，对他的形象言笑很好奇，背后常模仿他做游戏。等到长大一些，即跟随伯父编修先生学习经学，跟随刘先生学习文章。待到我在外做官三十年后再回到家乡，伯父已经过世，再也见不到了。从前来往的父亲一辈的亲朋差不多也都不在了，但是还多次在枞阳见过刘先生。刘先生也喜欢我去拜访，当时他脚上的毛病还未好，在别人的搀扶下出来与我讨论文章，每次都谈到半夜。

今年五月十五日，家乡人因先生的生日为他祝寿，我恰好在扬州，想念先生，就写了这篇寿序寄给先生，同时也希望家乡的青年才俊了解先生的事迹，用以激励自己。

（汪茂荣　撰）

海愚诗钞序[1]

姚 鼐

吾尝以谓文章之原，本乎天地。天地之道，阴阳刚柔而已[2]。苟有得乎阴阳刚柔之精，皆可以为文章之美。阴阳刚柔并行而不容偏废，有其一端而绝亡其一[3]，刚者至于偾强而拂戾[4]，柔者至于颓废而阉幽[5]，则必无与于文者矣[6]。然古君子称为文章之至，虽兼具二者之用，亦不能无所偏优于其间[7]，其故何哉？天地之道，协合以为体[8]，而时发奇出以为用者，理固然也。其在天地之用也，尚阳而下阴[9]，伸刚而绌柔[10]，故人得之亦然。文之雄伟而劲直者，必贵于温深而徐婉[11]。温深徐婉之才，不易得也。然其尤难得者，必在乎天下之雄才也。夫古今为诗人者多矣，为诗而善者亦多矣，而卓然足称为雄才者[12]，千余年中数人焉耳。甚矣，其得之难也。

今世诗人足称雄才者，其辽东朱子颍乎？即之而光升焉[13]，诵之而声闳焉[14]，循之而不可一世之气勃然动乎纸上而不可御焉[15]，味之而奇思异趣角立而横出焉[16]，其为吾子颍之诗乎？子颍没而世竟无此才矣！子颍为吾乡刘海峰先生弟子，其为诗能取师法而变化用之。鼐年二十二，接子颍于京师[17]，即知其为天下绝特之雄才。自是相知数十年，数有离合。子颍仕至淮南运使[18]，延余主扬州书院[19]，三年而余归，子颍亦称病解官去，遂不复见。

子颍自少孤贫，至于宦达[20]，其胸臆时见于诗，读者可以想见其蕴也[21]。盖所蓄犹有未尽发而身泯焉[22]。其没后十年，长子今白泉观察督粮江南[23]，校刻其集。鼐与王禹卿先生同录订之[24]，曰《海愚诗钞》，凡十二卷。乾隆五十九年四月[25]，桐城姚鼐序。

【题解】

这篇文章选自《惜抱轩文集》卷四，作于乾隆五十九年（1794），是姚鼐借为朱子颍诗集作序之机，所作的一篇文学风格论。姚鼐的文学风格论，除《复鲁絜非书》外，最主要的就是这一篇了。

文章开篇部分，他就对文学风格的阳刚阴柔问题作了精辟的阐述，认为二者不能偏废，不得取一弃一，更不得将两者充类至尽，发展到极端，凡此均有损于文章之美。对于这两种风格类型的文章，姚鼐虽由于气质上的原因，自作文偏于“温深徐婉”的阴柔一路，但他却认为按天地之道来说，应以体现阳刚之美的雄伟劲直之文为上，极力推崇“尤难得”的天下雄才。这就为下文作了有力的铺垫，因为朱子颍就是这种千年也难得一见的雄才。既如此，则朱子颍的历史地位，其诗歌的价值，就可想而知了。这不是从正面用直笔写出的，而是从侧面用曲笔烘托出的。桐城派作家为文讲究温婉含蓄，此为一例。

但文章到此还没有结束。姚鼐在文章的末段又使用宕折之笔，掉尾一波，慨叹朱子颍“所蓄犹有未尽发而身泯焉”，这就呼应了前篇，使得读者也不由得慨叹：像朱子颍这样千古少见的人才如果充分发挥了才华，那又该是怎样的一种景象呢？大才未尽而死，且“没而世竟无此才矣”，又该是一件多么令人伤痛遗憾的事啊。笔姿摇曳，余波荡漾，予人以无穷的回味。桐城派散文的妙处，往往就在这些地方。

【注释】

①《海愚诗钞》：朱孝纯的诗集。朱孝纯，字子颍，号海愚，山东历城（今山东济南市）人。曾任泰安知府、两淮盐运使。与姚鼐为同门挚友。擅诗文，工书画。著有《宝扇楼诗集》等。

②阴阳刚柔：指自然界两种对立、相互消长的物质势力。

③有其一端而绝亡其一：指阴阳刚柔只有一个方面，而另一方面却完全没有。亡：无。

④偾（fèn）强而拂戾：紧张激烈而违逆乖张。偾，紧张，兴奋。拂戾，违逆不顺。

⑤阉幽：蔽塞昏暗。

⑥则必无与（yù）于文者矣：这样就必然算不上是文了。与，参与。

⑦偏优：偏重，偏长。

⑧协合：协调，和谐。

⑨尚阳而下阴：指以阳为上而以阴为下。尚，同“上”。

⑩伸刚而绌柔：指扬刚而抑柔。绌，同“屈”。

⑪温深：温和深厚。徐婉：舒缓委婉。

⑫卓然：高远的样子。

⑬即：接触。

⑭闳（hóng）：宏大。

⑮循之：顺着往下看。御：节制。

⑯角立：卓然特立。

⑰接：接触，结交。

⑱淮南运使：指朱子颍担任两淮盐运使的官职。官署在扬州。

⑲延：聘请，邀请。

⑳宦达：做官显达。

㉑蕴：积蓄。

㉒身泯（mǐn）：逝世。泯，灭，尽。

㉓白泉：为朱子颍长子的字。观察：清代对道员的尊称。

㉔王禹卿（1730—1802）：名文治，字禹卿，号梦楼，

江苏丹徒人。清代文学家、书法家。乾隆进士，官至云南临安知府。著有《梦楼诗集》《赏雨轩题跋》等。

㉕乾隆五十九年：指公元1794年。

【译文】

我曾说过文章的本源，来自天地之道。而天地之道，无外乎阴阳刚柔罢了。如果能把握到阴阳刚柔的精髓，那就都有助于成就文章的美。阴阳刚柔应该并行而不允许偏废，如果只取其中的一端而舍弃另外一端，刚、阳就会走向骄矜强硬而不顺，柔、阴就会变成颓废昏暗而不彰，这对文章来说就没有什么可取之处了。不过古代君子们所称为文章的至高境界，虽然要兼备二端，却也不能不在两端当中有所偏重，这是什么原因呢？天地之道，是按阴阳刚柔和谐交融成就事物的，却又时时发生一些出人意料的变化，道理本来就如此。具体表现在天地万物中，必定是重阳而轻阴，扬刚而抑柔，所以人体现天地之道也是如此。雄伟而刚劲直截的文章，必定高于温和而深沉柔婉的文章。能作温婉深沉之文的人，不容易有。但更为难得的，一定是能作天下雄文的人才。古今写诗的人很多，写诗且写得好的人也很多，但卓越而称得上诗中雄才的，一千多年中只不过有几个人罢了。真难啊，这样的人才太难得了。

当今的诗人，足以称得上是雄才的，难道不是辽东的朱子颖吗？一接触到其诗就感到有光芒升起，一诵读其诗就觉得声气宏壮，顺着读下去就感到一股不可一世的英气勃然跃动于纸上而不可抑制，品味其诗就发现奇思妙趣卓然独出其间，难道不是子颍的诗吗？子颍离世之后，世间竟然再也没有这样的雄才了！子颍是我同乡刘海峰先生的弟子，他作诗能取用师法又能出以变化。我二十二岁时，首次在京城接触子颍，就知道他是那种天下超绝特出的雄才。从此相知几十年，行踪屡有分合。子颍出任淮南运使，聘请我主持扬州书院，过了三年我回家了，子颍也以病为由辞官而去，就此再也没见过面。

子颍从少时就孤弱贫寒，一直到仕途腾达，他胸中的情怀常显现于诗，读者从中可见出其积蓄的丰富。只是胸中所积蓄的还没有发挥殆尽就离世了。逝世后十年，其长子白泉观察现今正在江南督运粮食，校订刻印他的诗集。我和王禹卿先生一同编录校订，名为《海愚诗钞》，共十二卷。乾隆五十九年四月，桐城姚鼐作序。

（汪茂荣　撰）

欧阳生文集序[1]

曾国藩

乾隆之末，桐城姚姬传先生鼐善为古文辞。慕效其乡先辈方望溪侍郎之所为，而受法于刘君大櫆及其世父编修君范[2]，三子既通儒硕望[3]，姚先生治其术益精。历城周永年书昌为之语曰[4]："天下之文章，其在桐城乎[5]！"由是学者多归向桐城，号"桐城派"，犹前世所称江西诗派者也[6]。

姚先生晚而主钟山书院讲席[7]，门下著籍者[8]，上元有管同异之、梅曾亮伯言，桐城有方东树植之、姚莹石甫。四人者，称为高第弟子，各以所得传授徒友，往往不绝。在桐城者，有戴钧衡存庄，事植之久，尤精力过绝人，自以为守其邑先正之法[9]，禣之后进[10]，义无所让也。其不列弟子籍，同时服膺[11]，有新城鲁仕骥絜非、宜兴吴德旋仲伦[12]。絜非之甥为陈用光硕士[13]，硕士既师其舅，又亲受业姚先生之门，乡人化之[14]，多好文章。硕士之群从[15]，有陈学受艺叔、陈溥广敷[16]，而南丰又有吴嘉宾子序[17]，皆承絜非之风，私淑于姚先生[18]。由是江西建昌有桐城之学。仲伦与永福吕璜月沧交友[19]，月沧之乡人，有临桂朱琦伯韩、龙启瑞翰臣，马平王锡振定甫[20]，皆步趋吴氏、吕氏，而益求广其术于梅伯言。由是桐城宗派流衍于广西矣。

昔者，国藩尝怪姚先生典试湖南，而吾乡出其门者，未闻相从以学文为事。既而得巴陵吴敏树南屏，称述其术，笃好而不厌。而武陵杨彝珍性农、善化孙鼎臣芝房、湘阴郭嵩焘伯琛、溆浦舒焘伯鲁[21]，亦以姚氏文家正轨，违此则又何求？最后得湘潭欧阳生。生，吾友欧阳兆熊小岑之子，而受法于巴陵吴君、湘阴郭君，亦师事新城二陈。其渐染者多，其志趋嗜好，举天下之美，无以易乎桐城姚氏者也。

当乾隆中叶，海内魁儒畸士[22]，崇尚鸿博，繁称旁证，考核一字，累数千言不能休，别立帜志，名曰“汉学”[23]，深摈有宋诸子义理之说，以为不足复存，其为文尤芜杂寡要[24]。姚先生独排众议，以为义理、考据、词章，三者不可偏废[25]。必义理为质[26]，而后文有所附，考据有所归，一编之内，惟此尤兢兢[27]。当时孤立无助，传之五六十年，近世学子，稍稍诵其文，承用其说。道之废兴，亦各有时，其命也欤哉！

自洪、杨倡乱[28]，东南荼毒。钟山石城[29]，昔时姚先生撰杖都讲之所[30]，今为犬羊窟宅，深固而不可拔。桐城沦为异域[31]，既克而复失，戴钧衡全家殉难，身亦欧血死矣[32]！余来建昌，问新城、南丰，兵燹之余[33]，百物荡尽，田荒不治，蓬蒿没人[34]，一二文士转徙无所。而广西用兵九载，群盗犹汹汹，骤不可爬梳[35]，龙君翰臣又物故[36]。独吾乡少安，二三君子尚得优游文学，曲折以求合桐城之辙[37]。而舒涛前卒，欧阳生亦以瘵死[38]。老者牵于人事，或遭乱不得竟其学，少者或中道夭殂[39]。四方多故，求如姚先生之聪明早达[40]，太平寿考[41]，从容以跻于古之作者，卒不可得。然则业之成否，又得谓之非命也耶?

欧阳生名勋，字子和，殁于咸丰五年三月，年二十有几。其文若诗[42]，清缜喜往复[43]，亦时有乱离之慨。庄周云:“逃空虚者”，“闻人足音跫然而喜[44]，而况昆弟亲戚之謦欬其侧者乎[45]!”余之不闻桐城诸老之謦欬也久矣! 观生之为，则岂直足音而已! 故为之序，以塞小岑之悲[46]，亦以见文章与世变相因，俾后之人得以考览焉。

【题解】

这篇文章选自《曾文正公文集》卷三，作于咸丰九年（1859）。

文中，曾国藩清晰勾勒了桐城派的传承关系，系统梳理了桐城派的衍变盛衰轨迹，突出姚鼐对于桐城派承上启下、集其大成的关键作用；对姚鼐之后桐城派在各地的传衍、分布和主要成员的构成，也作了详细介绍。通过梳理源流，廓清视域，从创作主体的角度，揭示桐城文章的流派特征，因此可视为正式打出“桐城派”旗号的宣言书，不仅极大地提振了桐城派的声名，也为后世研究桐城派提供了重要资料。

作为生活在晚清社会的政治家，曾国藩对桐城派的关注，更多出于对其社会功用的高度重视。他深知桐城派的古文理论要义对于维护道统、挽救人心，具有不可替代的作用，因而主动归入桐城派门下，自觉弘扬其道统文脉。在本文中，曾国藩重申了桐城派的理论要核，感慨文运与世运的关联，对桐城派因为战祸带来的枝叶凋伤深表忧虑，表现出延续古文一脉的责任担当。文章问世后，引发较大反响，曾国藩作为桐城派中兴功臣的地位也由此确立。

【注释】

①欧阳生：欧阳勋，字子和，号功甫，湖南湘潭人。工于古文，师事桐城派作家吴敏树、郭嵩焘，有《秋声馆遗稿》传世。其父欧阳兆熊与曾国藩、吴敏树等交好。

②世父编修君范：指姚鼐伯父姚范。世父，伯父。

③通儒：指博通古今、学识渊博的儒者。硕望：名望很高。

④周永年书昌：周永年，字书昌，山东历城人，曾与姚鼐同参纂《四库全书》。

⑤其：语气副词，表推测，大概，应该。

⑥江西诗派：宋代著名诗歌流派，以吕本中撰《江西诗社宗派图》而得名。

⑦钟山书院：清代著名书院，位于南京上元县城。雍正元年（1723）由两江总督查弼纳倡建，以南京东郊钟山而得名。自乾隆五十五年（1790），姚鼐主掌钟山书院二十余年。

⑧著籍：正式登记在册。

⑨先正：前代贤人。

⑩禮（shàn）：同“禅”，传授。后进：指后辈。

⑪服膺：衷心信服。

⑫新城鲁仕骥絜非：新城人鲁仕骥，字絜非。宜兴吴德旋仲伦：宜兴人吴德旋，字仲伦。二人曾向姚鼐请教古文义法，均以古文擅名。

⑬陈用光硕士：陈用光，字硕士，江西新城人。鲁仕骥外甥，官至礼部左侍郎。在古文理论上独有建树，为桐城派中期代表人物。

⑭化之：受其影响。

⑮群从：指堂兄弟及诸子侄。

⑯陈学受艺叔：陈学受，字艺叔。陈溥广敷：陈溥，号广敷。二人为兄弟，号“新城二陈”，尝游历京师，与梅曾亮往来，尽得古文义法。

⑰吴嘉宾子序：吴嘉宾，字子序，江西南丰人。官至内阁中书。古文效法归有光、姚鼐。

⑱私淑：没得到亲身教授，却又敬仰其学问并尊之为师。

⑲吕璜月沧：吕璜，字礼北，号月沧，广西永福人。历任知县、同知等职，晚年归里，主讲桂林榕湖、秀峰书院。尝从吴德旋学古文法。

⑳临桂朱琦伯韩：临桂人朱琦，字伯韩。龙启瑞翰臣：龙启瑞，字翰臣。马平王锡振定甫：马平人王锡振，后改名拯，字定甫。三人与吕璜、彭昱尧号为“岭西五大家”。

㉑武陵杨彝珍性农：武陵人杨彝珍，字性农。曾任兵部主事，辞官后在家著书讲学，为湘西诗文宗主。善化孙鼎臣芝房：善化人孙鼎臣，号芝房。曾授翰林院编修，充日讲起居注官。致力于学术，擅长诗古文辞。湘阴郭嵩焘伯琛：湘阴人郭嵩焘，字伯琛。辅佐曾国藩创建湘军，曾任广东巡抚、福建按察使，出任驻英公使兼驻法使臣，力主学习西方。溆浦舒焘伯鲁：溆浦人舒焘，字伯鲁。官户部郎中。梅曾亮弟子，工于诗文。

㉒魁儒：大儒。畸士：独行拔俗的人。

㉓汉学：又称“乾嘉之学”，是清代以考据为主要治学方式的学术流派，在乾隆、嘉庆时期达到鼎盛。他们采用汉代儒生训诂文字、考订名物制度的治学方法，所以有“汉学”之称。与之相对的“宋学”则注重天理性命等抽象理论的研究。

㉔芜杂寡要：杂乱而不得要领。

㉕义理、考据、词章，三者不可偏废：义理指立言之旨合于儒家伦理道德，姚鼐主要指程朱理学；考证就是要求

材料确凿，文章内容充实；词章指行文的字句章法力求写得典雅明畅。姚鼐《述庵文钞序》：“余尝论学问之事，有三端焉，曰：义理也，考证也，文章也。是三者，苟善用之，则皆足以相济；苟不善用之，则或至于相害。”

㉖质：指本质，事物的内在规定。

㉗兢兢：小心，在意。

㉘洪、杨倡乱：指洪秀全、杨秀清发动的太平天国运动。自咸丰元年（1851）金田起事，至同治三年（1864）天京（今南京）被湘军攻陷，历时十四年，波及十多个省份。

㉙钟山石城：指南京，太平天国时期改称天京，定为国都。南京旧称石头城。

㉚撰杖都讲：持杖主讲。撰，持，拿。都，总领的意思。

㉛桐城沦为异域：咸丰三年（1853），太平军占领桐城。

㉜欧（ǒu）：同“呕”。

㉝兵燹（xiǎn）：指战争造成的焚烧破坏。燹，战火。

㉞没（mò）：淹没。

㉟爬梳：整顿治理。

㊱物故：去世。

㊲曲折：反复探求。

㊳瘵（zhài）死：病死。

㊴夭（yāo）殂（cú）：短命早死。

㊵早达：年轻时便取得功名。

㊶太平寿考：平安高寿。

㊷若：与，和。

㊸清缜：清雅细致。

㊹跫（qióng）然：对别人的突然来访感到欣悦。

㊺謦（qǐng）欬（kài）：咳嗽声，借指说话声。

㊻塞：弥补，这里指安慰。

【译文】

乾隆末年，桐城姚姬传先生擅长写古文。他敬慕学习同乡前辈方望溪侍郎的古文，又受刘大櫆先生和伯父翰林院编修姚范先生教诲，这三位先生都是博学鸿儒，声望很高，所以姚鼐先生对古文的研究就更加精深了。山东历城的周永年对此感叹说："天下的文章，都在桐城吧！"因此学习古文的人多数都归向桐城了，号称"桐城派"，就像前人称呼的江西诗派一样。

姚先生晚年主持钟山书院讲席，门下弟子列名的，有上元的管同、梅曾亮，桐城的方东树、姚莹。这四个人，人称姚门成就最高的弟子，他们各以自己学来的文法传授弟子、朋友，跟他们学习的人源源不断。在桐城的，有戴钧衡，向方东树学习已久，精思苦学之功尤其突出，自以为能恪守本乡先贤文法，把它传给后辈，是义不容辞的责任。有的不列为姚氏弟子之列，却敬佩信服姚先生的同时期人，有新城鲁仕骥、宜兴吴德旋。鲁仕骥的外甥是陈用光，陈用光既以其舅为师，又亲身受业姚先生门下，同乡之人受他影响，大都喜好文章写作。陈用光的堂兄弟及子侄辈中，有陈学受、陈溥，在南丰又有吴嘉宾，都是承接鲁仕骥的风习，把自己看作姚先生未拜门的弟子。因此江西建昌府就有了桐城文学。吴德旋与永福的吕璜为友，吕璜的同乡人，有临桂的朱琦、龙启瑞，马平的王锡振，他们都追随吴德旋、吕璜，又师从梅曾亮进一步提升自己的古文技艺。于是桐城派便在广西流传起来了。

以前，我曾经诧异姚先生主持过湖南乡试，但是我的家乡出自他门下的士子，没听说过有谁追随他学习古文。后来得知有巴陵人吴敏树，称道姚先生的古文理论，深好而不厌。而武陵的杨彝珍、善化的孙鼎臣、湘阴的郭嵩焘、溆浦的舒焘，也以姚氏之文自为一家而为正轨，违背了姚氏还有什么可追求的呢？最后发现了湘潭的欧阳生。欧阳生，是我的朋友欧阳兆熊的儿子，他接受巴陵吴敏树先生、湘阴郭嵩焘先生所传之法，也向“新城二陈”陈学受、陈溥学习。受到姚氏熏陶的很多，志趣嗜好沉迷其中，拿天下最美妙的事物，都无法替代桐城姚氏古文在其心目中的地位。

在乾隆中期时，天下的大儒奇才，做学问推崇广博，繁引旁证，考核一个字，反复几千字还不能止，他们别立旗号，号称“汉学”，竭力排斥宋代儒家义理学说，认为那些不值得继承，他们写的文章尤其杂乱不得要领。只有姚先生力排众议，认为作文章义理、考据、辞章，三者缺一不可。

一定要以义理为本，然后文辞才能有所依附，考据有所指归，他的各篇文论中，独对这一点最为在意。当时姚先生的理论孤立无人响应，默默传承了五六十年，现在的读书人，才渐渐开始读他的文章，继承他的学说。学术思想的盛衰兴亡，也是各从时势的，这也许就是命运吧！

自从洪秀全、杨秀清作乱，东南地区遭受残害。钟山石头城，是过去姚先生持杖主讲的地方，现在成了犬羊之辈的巢穴，根基极为牢固，不可摧毁。桐城沦陷为贼人的地盘，收复后却又再次失守，戴钧衡全家殉难，他自己也吐血而死。我到建昌府后，打听到新城、南丰战火之后，所有物产扫荡一尽，田地荒芜无人耕作，野草能把人掩没，一两个文士，漂泊流徙无处安身。而广西打仗九年，各路盗匪依然气势汹汹，一下子很难治理，龙启瑞先生却又逝世了。只有我的家乡湖南稍为安定，几位先生还能从容地研讨文学，反复推求文法以求合于桐城派的主张。可是舒焘先已亡故，欧阳勋也因病而死。年纪大的被时局人事牵制，或者遭受战乱不能完成学业，年岁小的有的中途夭亡。各地多灾多难，要想找到像姚先生那样资质聪慧，早得功名，又平安长寿，得以从容跻身古文大家之列的，最终是不可能了。这样看来，事业的成功与否，又怎么能说不是命运的安排呢？

欧阳生名勋，字子和，病逝于咸丰五年（1855）三月，年二十余岁。他的文和诗，清雅细腻，婉转多情，也时有动荡流离的感慨。庄子说：“逃难在荒野的人，听见人的脚步声顿感欣喜，更何况是兄弟亲戚的话语声响在身边呢！”我听不到桐城诸前辈的话语声已经很久了！读到欧阳生的文章，哪里只是听到亲人的脚步声而已！所以我为他的文集作序，既是安慰兆熊失去儿子的伤痛，也是想表达文章与世道是互相依存的，使后世的人能够思考重视这个道理。

（汪文涛　撰）

桐城文录序[1]

方宗诚

桐城文学之兴，自唐曹孟征[2]。宋李伯时兄弟[3]，以诗词翰墨，名播千载。及明三百年，科第、仕宦、名臣、循吏[4]、忠节、儒林，彪炳史志者，不可胜书。然是时风气初开，人心醇古朴茂，士之以文名者，大都尚经济[5]，矜气节[6]，穷理博物，而于文则未尽雅驯[7]，以复于古。郁之久，积之厚，斯发之畅[8]。逮于我朝，人文遂为海内宗，理势然也。盖自方望溪侍郎、刘海峰学博、姚惜抱郎中三先生相继挺出，论者以为侍郎以学胜，学博以才胜，郎中以识胜，如太华三峰[9]，矗立云表。虽造就面目各自不同，而皆足继唐宋八家文章之正轨，与明归熙甫相仲伯[10]。呜呼，盛哉！然余又尝总观桐城先辈文，三先生外，其前后及同时者，无虑五六十家，虽不足尽登作者之堂，而其各有所得，堪以名家者复数人。其余或长经术，或优政事，或论学论文、纪忠纪孝，亦足以广见闻，备掌故。

今夫言天文者，以日月为明，而恒星之熹微，亦未能或遗也；言地文者，以海岳为大，而泉石之幽窈，亦未能或略也；今世之言人文者，以唐宋八家、明归熙甫为斗极矣[11]，而李翱、皇甫湜、孙樵、晁无咎、唐顺之、茅坤之撰著[12]，亦未尝不流布于后世也。然而，文胜则质丧[13]，巨帙重编，而于事理无关切要，徒乱学者之耳目，纷后人之心志，则又不可不精别慎择，以定其指归[14]。

曩者，康熙间何存斋、李芥须辑《龙眠古文》数十卷[15]，大抵多明人之文也。咸丰壬子春，余与友人戴存庄论吾桐之文，以我朝为盛。然物胜则必反其本，然后可以久而不敝。天地之气运流行不能自已，畜久则必盛，盛久则必靡，亦理势然也。去其靡以救其敝，岂非乡后进者之责与？因相与取诸先辈文，精选得数十卷，大约以有关于义理、经济、事实、考证者为主，而皆必归于雅驯。其空文无事理，或虽有事理则文鄙倍者[16]，不录。按时代以分卷次，其大家或数卷至十余卷，其足名一家者，或数卷至一卷，而杂家则数人一卷以附之。

自城陷后[17]，藏书之家多被焚掠，心所知者尚有数人，无可访问。存庄又被贼祸，客处怀远。自伤孤陋无同力者，深恐此书中废，使数百年文献无征，则亦古之网罗放失保残守缺者之罪人也[18]。避地鲁谼[19]，友人方宗屏为访得数人文补入之[20]；今年授经东乡[21]，萧生敬孚又为访得数家集[22]，皆为补选，于是遗逸者盖鲜矣。

夫学问之道，非可囿于一乡也。然而流风余韵足以兴起后人，则惟乡先生之言行为最易入。而况当兵火之后，文字残缺，学术荒陋，使听其日就澌灭[23]，而不集其成，删其谬，俾后之人有所观感而则效焉，其罪顾不重与[24]？

昔者，孔子编《诗》而附《鲁颂》，删《书》而附《费誓》，因《鲁史》以作《春秋》，其惓惓于宗国文献如此[25]，是亦学者所当法也。今纂集初成，将有山左之行[26]，因以稿本归敬孚而属其益加搜访校订以成之，爰书其义例于左云[27]。

咸丰八年秋八月，柏堂逸民方宗诚撰[28]。

【作者小传】

方宗诚（1818—1888），字存之，号柏堂，桐城人。清代文学家、学者。师事族兄方东树，治经学兼治古文，先后入吴廷栋、严树森、曾国藩、李鸿章等人幕府，驰名当时。同治十年（1871），曾国藩保举他为直隶枣强知县，在任勤勉尽职，多所建树。光绪六年（1880）告归，隐居著述。方宗诚崇尚理学，主张文道合一，归于雅驯，为文托意高远，清厉廉刻。著有《柏堂集》《柏堂经说》等。

【题解】

这篇文章选自《柏堂集》次编卷一，作于咸丰八年（1858）。

文中，方宗诚追溯桐城人文发展轨迹，认为桐城文学历数百年郁积，方一跃而为海内宗主。其鼎盛时，方苞、刘大櫆、姚鼐三先生，有如华山三峰，表出云外，为天下所共仰，又有众多文家环拱其下，各呈风貌。作者对这一本土人文气象颇感自豪，但也因之心怀隐忧。他认为文脉“畜久则必盛，盛久则必靡”，理势如此，故不能不有所预见。辑选《桐城文录》，正在于荟萃精华，传承文脉，使其气运不衰，是“去靡救敝”之策。

但它又不只是对乡邦人文的自珍，更有作者的另一层苦心孤诣，尤其在经历十年战火之后，“文字残缺，学术荒陋”，亟待振兴斯文，挽救人心。故所甄选者皆有关义理、经济、考据，其弘扬学问之道、敦教化、淳风俗、接续圣贤、效用当世的良苦用意昭然可见，体现出作者对于文章与世道关系的深刻体认，以及桐城古文所能发挥的强大社会功用。它与曾国藩的《欧阳生文集序》一样，都是张扬桐城派旗帜的作品。

【注释】

①《桐城文录》：戴钧衡与方宗诚合编的一部桐城籍作家文选，选录明末清初钱澄之至清代后期戴钧衡凡八十三家文，共七十六卷。

②曹孟征：曹松，字孟征，舒州（今属桐城，一说潜山）人，晚唐诗人，《全唐诗》录其诗一百三十多首。

③李伯时：李公麟，字伯时，舒州（今属桐城，一说舒城）人，北宋画家、书法家。与其弟李公寅、李公权称“龙眠三李”。

④循吏：指循理守法的官吏。

⑤经济：指经世济民。

⑥矜：注重，崇尚。

⑦雅驯：文辞典雅优美。

⑧斯：于是，就。

⑨太华三峰：太华即华山，古称西岳。华山有三主峰，南峰“落雁”、东峰“朝阳”、西峰“莲花”，三峰鼎峙，人称“天外三峰”。

⑩归熙甫：归有光，字熙甫，昆山人，明代散文家。他提倡继承唐宋古文，为文朴素简洁，善于叙事，很受当时人推重。

⑪斗极：北斗星与北极星，有时专指北斗星。

⑫李翱、皇甫湜（shí）、孙樵：均为唐朝散文家，其中李翱、皇甫湜曾向韩愈学古文。晁补之：字无咎，北宋散文家，“苏门四学士”之一。唐顺之、茅坤：明散文家，与归有光同为“唐宋派”作家。

⑬文胜则质丧：文与质是中国古代文化中相对立的两个概念，可以作不同的指向来理解，譬如指外在表现和道德品质，或者作品的形式和内容。最早提出这个概念的是孔子：“质胜文则野，文胜质则史，文质彬彬，然后君子。”意思是，质朴胜过文采就是粗野鄙俗，文采超过质朴就是虚饰浮夸，文采和质朴完美结合、配合适当，才能成就君子风范。

⑭指归：主旨，意向。

⑮《龙眠古文》：桐城古文集，由桐城文士李雅、何永绍在康熙年间合作编刻。

⑯鄙倍：浅陋背理。倍，同“背”。

⑰城陷：指太平军咸丰三年（1853）二月占领桐城。

⑱放失：指散失的事物。失，同“佚”。

⑲鲁谼（hóng）：山名，在桐城境内。

⑳方宗屏：名昌翰，字宗屏，曾任河南新野知县，少时与方宗诚同学。

㉑东乡：在桐城境内。清代桐城设城乡、北乡、南乡、东乡、西乡五乡。

㉒萧生敬孚：萧穆，字敬孚，桐城（今枞阳横埠）人。一生致力于收藏、校勘书籍，为清末文献学名家。

㉓澌（sī）灭：毁灭净尽。

㉔顾：难道，表反问语气。

㉕惓惓：同“拳拳”，心意诚恳深重。宗国：原指同姓诸侯国，此处指孔子本国。

㉖山左：旧指山东。

㉗爰（yuán）：于是。义例：著书的主旨和体例。左：左边。

㉘柏堂逸民：方宗诚的自号。咸丰三年（1853），太平军攻占桐城，方宗诚避居鲁谼山中一小院，院内有棵半枯柏树，因号小院为“柏堂”。逸民，隐居之人。

【译文】

桐城文学的兴起，源自唐代的曹松。宋代李公麟兄弟，以其诗词书画，名传千年。及至明朝三百年，在科举功名、入仕为官、名臣、循吏、忠节、儒林等方面，赫然彪炳史册的，不可胜书。但这时文学风气初开，人心淳朴厚道，读书人以文章驰名的，大多崇尚经世济民，重视气节，探究事物之理，通识世间万物，而在文章写作上还没有完全做到典雅优美，达到古人的水平。一种事物凝结久了，积聚厚了，就会畅快淋漓地喷发。到了当代清朝，桐城文学就成为海内宗主，这是情理发展的必然结果。自从方望溪侍郎、刘海峰学博、姚惜抱郎中三位先生相继挺拔而出，评论者认为方侍郎学问更胜，刘学博才华更胜，姚郎中见识更胜，三人就像华山的三座山峰，高高矗立云外。虽然他们呈现的面貌各不相同，但是都能够承接唐宋八大家的正道，与明代归有光不相上下。啊，这是多么盛大的景象啊！我又曾总览桐城先辈文章，除三位先生外，在他们前后或同时的作者，大约有五六十家，虽然不是都能达到大家的水准，但是各有自己的成就，有几人可以称作名家。其余那些人，或长于经学，或优于政事，甚或阐说学问文章、记述忠孝节义，也可使人增加见闻，充备掌故。

现在那些谈天文的人，认为日月最明亮，但是光亮微弱的恒星，也不能遗漏；说地理的人，认为山海最大，但是泉石的幽深窈渺，也不能忽略；现在的人说到做文章，认为唐宋八大家、明代归有光是天上的北斗星辰，但是李翱、皇甫湜、孙樵、晁无咎、唐顺之、茅坤这些人的著作，也未尝不流传到后世。但是，作品过于注重形式就会使内涵显得不足，那些篇制宏大却事理上无关紧要，只是扰乱求学者视听、干扰后人心志的文章，又不能不精心区分，慎重选择，以确立文学的宗旨。

先前，康熙年间何永绍、李雅辑录《龙眠古文》数十卷，大多是明朝桐城人的文章。咸丰二年春，我和友人戴钧衡讨论我们桐城的文章，认为本朝的成就最大。但是事物发展到鼎盛之时就一定要归求其本，这样才能保持长盛不衰。天地间气数的运行不会终止，积蓄久了就一定兴盛，兴盛久了就一定衰退，这也是必然趋势。摒除颓废的文风，阻止文运走向衰败，难道不是家乡后辈的责任吗？于是我们共同找寻诸位先辈的文章，精选后得到数十卷，基本上以有关于义理阐发、经世致用、切于实际、论证充实的文章为主，而且又都属于文辞典雅优美的。那些内容空洞不切事理，或者虽有事理，但文辞浅俗悖于文法的，不加选录。按照时代先后分卷编排，那些大家，就几卷到十几卷；那些可称名家的，就几卷到一卷；那些散杂的众家，就几个人一卷附在后面。

自从桐城被太平军攻陷后，藏书人家多遭焚烧抢掠，心里知道有藏书的还有几家，但已无法访求。戴钧衡又惨遭祸害，客居怀远。自己伤叹力量孤弱能力浅薄，没有同心合力的人，深恐这本书的编修工作半途而废，让几百年的家乡文献无迹可寻，那么我也就成了罪人，不能像古贤那样搜罗散佚文献、保存残经故籍。我在鲁䜣山中避乱时，友人方宗屏为我访求到几个人的文章补入书中；今年在东乡讲授经学，萧敬孚又访寻到几家文集，都进行了补选，这样遗漏的文章大概就很少了。

弘扬学术道义，本不该拘限在一地。然而前人的遗风余韵，足以感奋后人，那么只有家乡先辈的言行最容易发挥作用。况且经历战火之后，文章残缺，学术荒废，假如任凭它日渐毁灭净尽，而不去收集成书，删除那些荒谬的地方，让后来人看了有所感悟而去学习效法，那罪过不是很重吗?

古时，孔子编订《诗经》而附上《鲁颂》，删修《尚书》而收入《费誓》，依据《鲁史》来写《春秋》，他对于本国的文献深情如此，这也是学者应当效法的。现在汇编工作刚刚完成，我将要前往山东，因此把稿本交付给萧敬孚，并嘱托他进一步搜访校订，最终完成此书。于是写下本书的主旨和体例附在左边。

咸丰八年秋八月，柏堂逸民方宗诚撰。

（汪文涛　撰）

矢津昌永《世界地理》序[①]

吴汝纶

矢津君去年游吾国，出所著《世界地理》书赠余，余倩学徒晓东文者译之[②]，久而未出。今来日本，则矢津君已诿儿子启孙译竟[③]，而属余为序。西学日新，后出者胜，矢津君地理学名家，所著书甚多，此编其后出者也。盖今世界能分土立名字者，六十有一国，矢津君皆能言其地域风俗物产。

若国强弱[④]，大率强者进取，弱者无如何；强者虽小必兴，弱者虽大必削；强者长驾远抚，弱者捧土地权利以赠送人；其尤冤苦，则弱者不自保，强者遥领之，谓之“领土”[⑤]。

伟哉！飞列滨、特兰斯洼尔[⑥]，弹刃之地耳，不甘为人领，奋起以犯强大国之锋[⑦]，虽势不敌，要尽国雄也。特人喋血三载[⑧]，竭强国智力所极，仅乃伏从之。呜呼，烈哉！惜其起撮土，不足自副其志，使特之君长若将率得席可为之势[⑨]，有所凭藉，其所就可量也哉？印度、埃及故大国[⑩]，后皆为他国领土，摇手转足不得。悲夫！悲夫！当其势之未变，彼故安坐拱默，自谓无患也，夫庸知刀俎之日伺其侧乎！然使其时得如特之君相者持之[11]，吾又知其必有异也。强弱之势，夫岂不以人乎哉？痛乎！悲夫！

壬寅秋七月。

【题解】

这篇文章选自《桐城吴先生文集》第三卷，作于光绪二十八年（1902）七月，作者时在日本考察教育。

吴汝纶作为中国近代具有开放视野的知识分子，始终保持对外部世界的关注，积极倡导西学。光绪二十七年（1901），日本学者矢津昌永来华，赠其所著《世界地理》。吴汝纶即命通晓日文的生徒译之，久而未果。次年，他东渡日本考察教育，而矢津昌永已委托在日本留学的吴汝纶之子吴闿生将此书译出，并请其作序，吴汝纶欣然应允。

本文以《世界地理》为据，论说国家的大小、强弱之势，指出国家强弱的根本因由在于是否有进取心。菲律宾、德兰士瓦等虽为弹丸小国，但奋勇自强，敢于抗争，其不屈不挠的斗争精神值得敬佩。反之，印度、埃及等大国不思进取，只能任人宰割，则令人唏嘘不已。这是他对世界丛林生存法则的认知，更提炼出其核心要素在于“人”：人的不甘屈辱，勇于喋血，识势善谋，上下同力，才能真正铸就一个国家的雄强，体现出作者深刻的洞察力。同时，吴汝纶写作这篇序言，又是别有寄托的，字里行间流露出对当时中国命运的忧虑。文中“伟哉”“烈哉”“悲夫”“痛乎”的声声感叹，不只是发自内心的震撼，更如警世钟声，敲击国人的盲昧，体现了作者挽救民族危机、呼唤自强图存的深挚情怀。

【注释】

①矢津昌永：日本地理学家，当时在日本高等师范学校任教授。《世界地理》：原名《世界地理学》，光绪二十八年（1902）由吴闿生译成中文在东京出版。

②倩（qìng）：请（别人代替自己做事）。

③诿（zhuì）诿（wěi）：以事相托。启孙：吴汝纶之子吴闿生，原名启孙，近代诗文家。

④若：用于句首，起领字的作用。

⑤领土：领地，属地，这里是殖民地的意思。

⑥飞列滨：指菲律宾，1565年被西班牙侵占，1896年爆发革命，1898年6月12日宣告独立，但不久又被美国占领。第二次世界大战中沦于日本之手，战后重新独立。特兰斯洼尔：今译德兰士瓦。1889年，当地人民进行反对外国占领的斗争，失败后，1902年沦为英国殖民地。现为南非东北部的一个省。

⑦锋：刀锋，此处指武力。

⑧特人：指上文所说的特兰斯洼尔人民。

⑨若：与，和。将率：将帅。席：凭借，依仗。

⑩印度：16世纪起，相继遭受葡萄牙、法国、英国等国入侵，1600年起英国在印度逐步建立殖民据点，1849年占领全境。埃及：1882年被英国侵占。

⑪持：对抗。

【译文】

矢津昌永先生去年来我国游访，拿他所写的《世界地理》一书赠我，我请懂日文的学生翻译该书，经久未能译出。现在来到日本，就发现矢津先生已经嘱托我的儿子启孙译成了，又嘱咐我写一篇序言。西方的学术日新月异，后出的著作更好，矢津先生是地理学名家，著述丰富，这本书就属于那种后出的著作。当今世界能分清国土并有国名的国家，有六十一个，矢津先生都能说出这些国家的山川地理、社会风俗和经济物产。

至于一个国家的强弱，大致说来强国积极进取，弱国无所作为；强国虽小也必然兴旺，弱国即使疆土广大也必然被侵略削夺；强国可以长驱远征，弱国只能割让土地和权利给别人；那些尤其冤恨悲惨的，则是弱小不能自保，为强国遥控占领，被称作“殖民地”。

真是伟大呀！菲律宾、德兰士瓦，不过是弹丸之地罢了，却不甘被人统治，奋起反抗，抵御强大国家的军队，虽然力量不对等，重要的是充分展现了一个国家的雄心壮志。德兰士瓦的人民浴血奋战三年，强国竭尽全力，才仅仅使他们表面服从而已。啊，多么壮烈！可惜只是奋起于一撮之土，还不足以展现他们强大的心志，假使德兰士瓦的领袖和将帅能够把握大有可为的机会，依托民众的力量，他们所成就的功业岂可限量？印度、埃及原为大国，后来都成了他国殖民地，举手投足都没有自由。可悲呀！可悲呀！当形势还未发生变化的时候，他们安然自处，不思进取，自认为没有忧患，哪知道被人宰割的日子就要来临了！但是，假若让他们那时能像德兰士瓦的领导者一样坚决反抗，我相信结果又必然不同。是强，还是弱，难道不是出于人为吗？可叹啊！可悲呀！

壬寅年（1902）秋季七月。

（汪文涛　撰）

送姚叔节归桐城序[①]

林　纾

前二十余年，吾见桐城姚叔节于稠人中[②]，有王贡南者[③]，指而称曰："是惜抱先生从孙也[④]。"时叔节英英然方领解[⑤]，余不得绍[⑥]，无以自进于叔节。

又十五年，始见范伯子于江南[⑦]。伯子婿于姚氏，因得闻叔节学问甚详，盖能世石甫先生之家学而遥接心源于惜抱者也[⑧]。

又五年，马通伯至京师[⑨]，以古文噪于公卿间，见余，述其师吴挚甫文章行谊不容口[⑩]。余以通伯籍桐城，则又问叔节，乃不知通伯又婿于姚氏者也。呜呼！姚氏不惟擅其文章，兄弟绵绍其家学[⑪]，乃其亲戚亦皆以文名天下，何其盛也。

近与叔节共事大学，须髯伟然，年垂五十矣。回念伯子被丧，以毁卒[⑫]；挚甫先生与余聚京师累月，旋亦物故[⑬]；晚交得通伯，以上书论时政不合，匆匆亦遇乱归桐城。计可以论文者，独有一叔节，而叔节亦行且归。然则讲古学者之既稀，而二三良友复不得常集而究论之，意斯文绝续之交亦有数存乎[⑭]？

方道咸间[15]，曾、梅诸老以古文鼓吹于吴楚[16]，一时朝士亦彬彬竞学，濂亭、挚甫实为之后劲[17]。诸老中，挚甫为最后死，尝语余自憾其老，恐桐城光焰自是而熸[18]。时吾未识通伯，固谓叔节必能力继其盛。

今通伯方读书浮山[19]，叔节归而与之提倡古学，果得二三传人。知叔节虽不与吾居，精神当日处吾左右，余又何别之惜耶?

【题解】

本文选自《畏庐续集》。

林纾早年勤于古文，五十岁至京师，其古文受吴汝纶赞许，遂向吴请教古文法。后与马其昶结识，对桐城古文有了更深了解。他为商务印书馆编《国文读本》，所选以桐城派文章居多。辛亥之后，京师大学堂易名北京大学，严复掌校务，林纾、马其昶、姚永朴、姚永概也受聘在此，相与切磋，为桐城古文张目。林纾说:“仆生平未尝言派，而服膺惜抱者，正取径端而立言正。”他们的主张遭到北大校内主魏晋文章的章太炎弟子一派冲击，永概时为文科学长，慨然辞去教职，束装南归。林纾遂作此文以送之。当此之际，心境不免苍茫而低沉，故其序文情调凄婉，流露出知交零落的悲哀。虽然自我慰藉，强作解人，希冀于桐城古文余绪不绝，但终不能掩“无可奈何花落去”的感伤。

本文不仅仅是一篇临别赠序，更可作为学术文献看待，对于了解桐城派末代传人的交游情形以及桐城古文的学术变迁，具有重要参考价值。

【注释】

①姚叔节：名永概，字叔节，姚莹之孙，安徽桐城人。近代古文家、诗人。著有《慎宜轩文集》《诗集》等数十种著作。序：这里是赠序，临别题写的文章。

②稠人：人群广众。

③王贡南：名毓菁，字谷兰，号贡南，福建闽县人。清光绪十四年（1888）举人，以诗闻名于世。著有《愣修室诗存》。

④惜抱先生：姚鼐，字姬传，又字梦谷，室名惜抱轩，故称惜抱先生。从（zòng）孙：兄弟之孙，姚永概是姚鼐的四世从孙。

⑤领解（jiè）：科举时考中举人，亦称发解。光绪十四年，姚永概中江南乡试第一名。

⑥绍：介绍引见。

⑦范伯子：名当世，字肯堂，号伯子，江苏通州人。近代古文家、诗人。著有《范伯子诗文集》。他续娶姚永概姊姚倚云为妻。

⑧世：继承，传承。石甫先生：即姚莹，字石甫，号东溟。清嘉庆进士，著有《中复堂全集》。家学：家族世代相传之学。心源：犹心性。

⑨马通伯：名其昶，字通伯，晚号抱润翁，安徽桐城人。清末民初古文家，著有《抱润轩文集》等。他娶姚永概大姊姚青云为妻。

⑩吴挚甫：名汝纶，字挚甫，为桐城派后期代表人物，有《桐城吴先生全书》行世。行谊：品行，道德。不容口：犹言不绝口。

⑪绵：连续不断。绍：继承。

⑫以毁卒：因哀痛而死。范伯子患有肺病，于清光绪三十年（1904）十二月去世。

⑬物故：去世。

⑭数：此指命运。

⑮道咸间：指道光、咸丰年间。

⑯曾、梅诸老：指曾国藩、梅曾亮等人。吴楚：泛指春秋时吴国、楚国故地，即今长江中下游一带。

⑰濂亭：即张裕钊，字廉卿，号濂亭。后劲：后期的有力人物。

⑱熸（jiān）：火熄灭。

⑲浮山：又名浮渡山，在安徽桐城东（今属枞阳）。《读史方舆纪要》记载：“浮山，（桐城）县东九十里，亦名浮渡山，有三百五十岩，七十二峰。”

【译文】

二十多年前，我在人群中看见过桐城姚叔节，有个叫王贡南的，指着他告诉我："那是惜抱先生的后人。"当时的叔节英气勃勃，刚中了举人，我得不到人引见，无法结识叔节。

又十五年前，在江南，我第一次见到范伯子。伯子是姚家女婿，因此我更详尽地了解到叔节的学问，觉得他是能传承石甫先生家学、与惜抱道德心性遥相呼应的人。

又五年前，马通伯来到京城，以古文闻名于公卿间，他跟我见面时，述说其师吴挚甫先生的文章道德，赞不绝口。因通伯是桐城籍人，就又向他了解叔节的情况，竟然不知道通伯也是姚家女婿。可叹啊！姚氏不单擅长于写文章，世世代代传承家学，竟然其姻亲眷属也都以文章闻名天下，这是多么兴旺的景象啊。

近来与叔节共同执教于北京大学，叔节长髯飘飘，年岁将近五十。回想往事，范伯子因家中遭逢丧事，过度哀伤而去世；挚甫先生与我在京城相聚数月，不久也离世了；最近得以结识通伯，但因上书论说时政不合当权者意，又遭逢变乱，匆匆忙忙回到桐城。数点一下，可以谈文论学的，只剩一个姚叔节，但是叔节又将远行归家。这样，在京城讲习古文之学的人已经很少了，而且几位好友也不曾常聚一起深入探讨，大概文章之学的传承和灭绝也是有命数的吧？

道光、咸丰年间，曾国藩、梅曾亮等诸位前辈在吴楚一带宣扬桐城古文，一时间，京都名士也都纷纷努力学习，张濂亭、吴挚甫实为古文派的后期中坚。各位前辈中，吴挚甫是最后一个去世的，他曾经跟我说，憾恨自己老了无能为力，担心桐城古文的光焰从此熄灭。当时我还没结识通伯，坚信叔节一定能继承光大桐城古文。

现在通伯正在浮渡山中读书，叔节回去后与他一起倡导古文，最终会得到两三个传人。那么，我想，叔节虽不能与我在一起，但其精神会时时在我身边，又何必有离别时的不舍呢？

（汪文涛　撰）

桐城耆旧传序目

马其昶

余既广征载籍，会稡旧闻[1]，述邑先正遗事[2]，自前明以迄近世，为专篇及附见者凡九百余人，略次时先后，成《桐城耆旧传》十一卷，附《列女》一卷，谨叙其端曰：

乌乎[3]！一代人才之兴，其大者乃与世运为隆替[4]，观于乡邑，可知天下，岂不信然哉！盖当燕藩夺统[5]，吾县方断事法[6]，以遐方小臣，不肯署表[7]，自沉江流。厥后余按察珊[8]，齐按察之鸾及先太仆[9]，皆以孤忠大节，与世龃龉[10]。陵夷至天启[11]，左忠毅公乃死于珰祸[12]，而明随以亡。当是时，钩党方急[13]，方密之、钱田间诸先生[14]，间关亡命[15]，救死不遑[16]，犹沉潜经籍，纂述鸿编，风会大启。圣清受命，吾县人才彬彬，称极盛矣。方、姚之徒出[17]，乃益以古文为天下宗。自前明崇节义，我朝多研经摛文之士[18]。

吾尝暇日陟崤峔、投子之巅[19]，望西北曾峦巨岭隐然出云表[20]，而湖水迤逦荡潏于其前，因念姚先生所称，黄、舒之间[21]，山川奇杰之气蕴蓄且千年，宜其遏极而大昌；又窃怪今者风流歇竭，何前后旷不承邪？岂不以师友之渊源渐被沦而日薄，士或问其先德，噤不能言，闻见孤陋，不足感发兴起之与[22]？

《诗》曰：“维桑与梓，必恭敬止[23]。”盖言迩也。仰先哲之芳躅[24]，悼末俗之陵替[25]，文献放失，余甚惧焉。曩者，先伯祖通判公尝有《龙眠识略》之辑[26]，遘乱亡佚[27]，郡县书又率伤冗繁[28]。余维传记之作[29]，必归诸驯雅[30]。窃取迁、固之遗法[31]，始足赓扬盛美，诱迪方来，因不自揆，著为此编。

乌乎！吾之述此，第及一县之地[32]，远不出数百里外，而上自名卿、硕辅，以逮文儒忠义之彦[33]，操行不一，要皆特立于一时[34]，而可不泯没于后世者。吾党之士，苟一关览，非其先祖，即其邦之老成宿望。世近已，则欣慕之情切；耳目之所能逮，则疑沮[35]不生。而两朝之学术风趋[36]，盛衰得失之林[37]，亦略具于此，又欲令异世承学治国闻者有考焉[38]。

光绪十二年春马其昶撰[39]。

【作者小传】

马其昶（1855—1930），字通伯，晚号抱润翁，桐城人。清末民初古文家、学者。早年屡应乡试不第，后潜心学问，授经讲学。光绪末曾任学部主事。辛亥革命后，任清史馆总纂。热心教育，曾主讲潜川书院，先后执教安徽高等学堂、京师大学堂、京师法政学校等，曾师事吴汝纶、张裕钊，并与林纾等致力维护桐城派古文。为文固守桐城义法，有桐城派殿军之称。勤于搜罗桐城名贤轶事，编定《桐城耆旧传》，著有《抱润轩文集》等。

【题解】

这篇文章选自《桐城耆旧传》卷首，是马其昶所作自序，写于光绪十二年（1886）。

《桐城耆旧传》是马其昶历时二十余年，在搜集大量资料的基础上，借鉴《史记》《汉书》人物传写法，为明清桐城耆旧九百六十二人精心撰写的传记，个性特征鲜明，史料价值极高。时人毛庆蕃题词称赞该书："叙事雅赡，有法度，论赞神致渊永，往往胜绝，如通伯者，可谓有良史才矣。"一书在手，两朝遗事开卷可见，一县人才按目能寻。

本文先简介全书内容，而后由桐城人才之盛，及其对天下学术文章的影响，论及编纂此书的意义与价值；由乡邦文献的放失、县志记载的繁冗，申述此书编撰的缘起及目的；由桐城的山川形胜，生发山河依旧、风流歇竭的感慨。文末发出成书维艰、初衷实现的慨叹，显示了马其昶存史教化的文化担当和学者情怀。而他关于"传记之作，必归驯雅"的认识，是对方苞"义法"说的回应，具有针砭时弊、正本清源的现实意义。

【注释】

①稡（cuì）：聚集。

②先正：先贤。

③乌乎：同“呜呼”，感叹词。

④隆替：兴衰。

⑤燕藩：指燕王朱棣，明太祖朱元璋第四子，册封燕王，封地在北平（今北京）。封地犹如藩篱一样护卫皇都，故称藩。洪武末年，建文帝即位，实行削藩政策，燕王朱棣起兵反抗，史称“靖难之役”。后朱棣军攻下京师南京，登上帝位，是为成祖。夺统：篡夺皇统。统，世代相传的帝系。

⑥方断事法：方法（1368—1404），字伯通，桐城人。明洪武间举人，授四川都指挥使司断事，刚正严直。永乐元年，朱棣登极，诸藩表贺，方法拒不署名。不久诏不署名者进京，方法被押登舟，舟至望江，投江自沉。

⑦表：奏章的一种，用于臣子向帝王陈述心意等。

⑧余按察珊：余珊（1471—1529），字德辉，号竹城，桐城人。明正德三年进士，授行人，擢御史，巡盐长芦，揭发中官奸利事，被诬系狱，谪安陆判官，迁至四川按察副使。

⑨齐按察之鸾：齐之鸾（1483—1534），字瑞卿，号蓉川，桐城人。明正德六年进士，改庶吉士，授刑科给事中，迁兵科左给事中，直声动天下。终因忤权贵谪为崇德丞，迁长兴令、青州同知，后擢河南按察使。先太仆：指作者已故去的先人马孟祯（1566—1633），字泰符，号六初，桐城

人。明万历二十六年（1598）进士，累官至广西道监察御史。天启初，为南京光禄少卿，转太仆。

⑩ 龃（jǔ）龉（yǔ）：原指上下牙齿对不齐，比喻意见不合，互相抵触。

⑪ 陵夷：逐渐衰微。本指山坡平缓的样子。

⑫ 珰：指代宦官。汉代宦官帽子上有黄金珰装饰。

⑬ 钩党：以同党牵连，陷人于罪。

⑭ 方密之：方以智，字密之，桐城人。明末清初思想家、哲学家。钱田间：钱澄之，字饮光，一字幼光，晚号田间，桐城人。明末清初文学家。

⑮ 间关：崎岖辗转的样子。

⑯ 不遑（huáng）：来不及，没有时间。

⑰ 方、姚：方苞、姚鼐。

⑱ 摛（chī）文：铺陈文采，比喻擅写文章。

⑲ 陟：登上。嵪峣：山名，在桐城范岗石井铺村。投子：山名，在今桐城市区北约两公里，相传三国时吴国鲁肃战败后投子于此。

⑳ 曾：同“层”。

㉑ 黄、舒：黄州、舒州。姚鼐《刘海峰先生八十寿序》曰：“夫黄、舒之间，天下奇山水也，郁千余年。”

㉒ 与：“欤”之古字。

㉓ 维桑与梓，必恭敬止：出自《诗经·小雅·小弁》。意为见到桑树和梓树，一定要心怀敬意地停下来看看，因为

父母曾在家乡栽种桑梓，敬爱桑梓，就是敬爱父母，敬爱家乡。维：句首语气助词。止：句末语气助词。

㉔芳躅（zhú）：美好踪迹。

㉕陵替：衰落。

㉖先伯祖通判公：马树华，字公实，号篠湄，桐城人，明嘉靖十二年（1533）副榜贡生，代理河南清化通判，补汝宁府汝南通判。清咸丰三年（1853），太平军入安徽，马树华倡团练守桐城，城破被杀。著有《龙眠识略》十二卷。通判，官名，掌管粮运及水利等事务。

㉗遘（gòu）：遭受。

㉘率：大致，一般。

㉙维：同“惟”，思考。

㉚诸：“之于”合音词。

㉛迁、固：司马迁、班固。二人皆汉代史学家，分别是《史记》《汉书》的作者。

㉜第：只，仅。

㉝逮：至，及。

㉞要：总括，总之。

㉟疑沮（jǔ）：疑惑沮丧。

㊱两朝：明、清两朝。

㊲林：人或物会聚处。

㊳国闻：指本国传统的学问、知识。

㊴光绪十二年：公元1886年。

【译文】

我既已广泛征求书籍，汇聚旧闻，记述我县先贤遗事，从明朝到近代，撰写专篇以及附传，共九百多人，大约按时间先后，编成《桐城耆旧传》十一卷，附《列女》一卷。于是在书首恭敬地写道：

唉！一代人才的兴起，其间大势与世运兴衰相共，观家乡，可以知天下，难道不真的是这样吗？当燕王朱棣起兵夺取皇位时，我县断事官方法，以远方小臣的身份，不肯在贺表上签名，自沉长江。其后按察使余珊、齐之鸾和我家族太仆马孟祯，都是因为怀抱高尚的节操，与世俗不合。世运逐渐衰微，至天启时期，左光斗竟死于魏忠贤之手，明朝随之也就灭亡了。在这个时候，搜捕党人甚急，方以智、钱澄之等先生，逃亡辗转，保命都来不及，还潜心钻研经书，撰写鸿篇大作，从此风气大开。清朝受天命立朝，我县人才济济，一时称为极盛。随后方苞、姚鼐之辈应运而生，于是更以古文成为天下宗主。自明朝尊崇节操大义以后，到清朝，出现的大多是研究经书、擅写文章的士人。

我曾经在空暇时登上峙岵、投子山顶，远望西北，层峦巨岭，隐隐约约浮现云外，湖水在前方绵延荡漾，因此念及姚鼐先生所说的，山川奇杰之气，在黄州、舒州之间蕴藏近千年，应当是受遏抑到了极点，人才就开始大兴；又暗自奇怪现在杰出人才全都消失不见了，为什么前后相隔而不能相继呢？难道不是因为师友渊源传承渐渐沦丧，世风日益浮薄，读书人有被问及先世德泽的，竟闭口说不出来，孤陋寡闻，这不足以使他们激发而奋起吗？

《诗经》上说：“对桑树和梓树，要怀有恭敬敬畏之情。”这是说桑、梓与家乡是密不可分的。敬仰先贤的踪迹，哀伤世俗的衰敝，文献散佚，我为此很是担心。先前，我的伯祖父通判公马树华，曾编有《龙眠识略》一书，后遭世乱遗失，府、县志书，大多又过于繁琐。我想，传记体裁的文章，一定要归于典雅，只有采用司马迁、班固遗传下来的文法，才能够继承盛美，启迪将来，于是就自不量力，编成此书。

唉！我著述此书，人物只限于一县之地，最远也不超过几百里外，而上自著名公卿、首辅重臣，以至文士、忠义杰出者，尽管他们的节操品行不尽相同，但都是特立一时，不会被后世所埋没的。我辈假如一读此书，所见到的不是自己祖先，就是家乡德高望重之人。时代离自己近，那么欣喜向慕的感情就真切；耳朵能听到、眼睛能看到的，那么就不会产生疑惑沮丧。而明清两朝的学术趋向，盛衰得失的教训，也大略保存在此书中，又希望后世好学者研究传统的学问，能有所参考。

光绪十二年春马其昶撰。

（程徐李　撰）

畏庐文续集序[1]

姚永概

各肖其人之性情以出[2]，而后其言立。古之善为文者，性情万变，面目亦万变[3]，不相似也。其相似者，法度出于一轨而已[4]。虽其纯杂高下之不同，要无伪焉存乎中[5]。后世之士，涂饰藻采以为工，征引详赡以炫博[6]。彼固无性情之真，方且不足以自信，又乌足信千百世不知谁何之人乎[7]？文章之不能反古[8]，其道多端，而此其大要也。

宣统庚戌[9]，余始识闽县林畏庐先生于京师。及壬子、癸丑[10]，共事大学堂[11]。既而皆不合以去。临别赠余文，且媵以画[12]。今年又同应徐君之聘[13]，教授正志学校中。畏庐长余十四年，弟视余，余亦以兄事之[14]。每有所作，辄出相示，违覆而不厌[15]。故余知畏庐深，其性情真古人也。

畏庐名重当世，文集已尝印行，人士争购取。虽取法韩、柳[16]，而其真不可掩阏[17]。一日手巨帙示余[18]，且曰："吾两人志业颇同，序吾文者，非子奚属[19]？"余发而读之，竟日夕累欷而不可止。私念与畏庐生际今日，五六十年来，所闻见多古人未尝有，独区区守孤诣于京师尘壒之中[20]，引迹自远，白首辛勤，日与群童习[21]，博金钱以豢妻孥[22]，甘心而不悔。然则序畏庐之文不我属[23]，又将谁属[24]也!

【作者小传】

姚永概（1866—1923），字叔节，姚莹之孙，桐城人。清末民初古文家、诗人。光绪十四年（1888）举人，官太平县教谕。师事方宗诚、吴汝纶、张裕钊等名家，与姊夫马其昶等名士相砥砺。曾任安徽高等学堂教务长、安徽师范学堂监督、北京大学文科学长、正志学校教务长等职，参与纂修《清史稿》。擅文工诗，才气俊逸，议论宏肆，深得桐城家法。著有《慎宜轩诗集》《慎宜轩文集》等。

【题解】

这篇文章选自《慎宜轩文集》卷三。

1916年，姚永概好友林纾《畏庐文续集》由上海商务印书馆出版，内收其辛亥以来所作古文八十三篇。当时，桐城派虽仍拥有相当大的影响力，但与鼎盛时期相比，已呈现难以为继的式微景象，让他们的心情不免落寞。借为挚友林纾《畏庐文续集》作序之机，姚永概援笔抒发心中感慨，表达与林纾相知相契之情。

序言首先论述文章创作要有真性情和真思想，文必载其性情以出，“要无伪焉存乎中”，为下文引出与林纾的真情相交作铺垫。接着回忆与林纾相识相交、倾心论文的美好往事，赞誉“其性情真古人也”。今读其文，应邀作序，油然生发出桐城古文大树飘零之叹，展现此际二三文章知己执着坚守的不屈与孤勇。

全文围绕题旨，既谈观点，兼及交谊，先论后叙，前后关合，体现了姚永概古文醇正朴厚的风格特色。

【注释】

①《畏庐文续集》：林纾古文集名。林纾，号畏庐。

②性情：思想感情。

③面目：文章体裁及表现形式。

④法度：规范、规矩。一轨：一致。

⑤要：总要，总之。焉：助词。乎：于，在。

⑥炫博：炫耀广博。

⑦乌足：怎么能够。信：使……相信。

⑧反古：复古。反，同“返”。

⑨宣统庚戌：清宣统二年（1910）。

⑩壬子、癸丑：1912年、1913年。

⑪学堂：京师大学堂，即北京大学前身。

⑫媵（yìng）：赠送。

⑬徐君：徐树铮（1880—1925），字又铮，号铁珊，徐州府萧县（今属安徽）人。北洋军阀皖系重要代表，好古

文，尤嗜《古文辞类纂》，作文一遵桐城家法。1914年兴办北京正志学校。

⑭弟视余：把我当弟弟一样看待。余亦以兄事之：我也像侍奉兄长一样来侍奉他。弟、兄，词类活用，名词作状语。

⑮违覆：意为反复研究。违，同“回”。

⑯韩、柳：韩愈、柳宗元。

⑰掩阏（è）：掩盖，阻遏。

⑱手：用手拿。名词活用作动词。

⑲非子奚属（zhǔ）：不是你又交给谁呢，即只能交给你的意思。子，你。奚，哪个，谁。属，嘱托，交付。奚属，宾语“奚”前置。

⑳区区：形容一心一意，专心致志。孤诣：独到的修养。尘壒（ài）：尘世。

㉑习：狎习。指教书先生与孩童们天天混在一起，是教书的诙谐说法。

㉒博：求取。豢：养。

㉓不我属：不交给我。此为宾语“我”前置。

㉔谁属：交给谁。宾语“谁”前置。

【译文】

根据各人的思想情感，而后才能写成文章。古代善写文章的人，思想情感千变万化，表现形式也应该千变万化，并不相似。相似的地方，是规范、规矩一致罢了。虽然文字有纯粹驳杂、水平高下的不同，但总的要领是，在文章中不能有假的情感。后世之士，把堆砌华丽辞藻的文章当成好文章，将详细征引作为广博来炫耀。而那些文章本来就没有真情实感，自己尚且不会相信，又怎么能使后世不知为谁的人相信呢？文章之所以不能达到古人的境界，其原因是多方面的，而这几条是最主要的。

清宣统庚戌年（1910），我在京城初识闽县林畏庐先生。壬子、癸丑（1912、1913）两年，同在京师大学堂共事。随后因与校方意见不合，都离开了。临别时，他赠给我文章，还以画相送。今年又同受徐树铮先生的邀请，我们一起在正志学校教书。畏庐先生比我大十四岁，把我当弟弟看待，我也把他当成哥哥来侍奉。他每次写完文章，就拿来给我看，反复研究而仍不满足。所以我很了解畏庐先生，他的性情是真正的古人。

畏庐先生在当代名望很高，文集已曾印刷行世，人们都争相购买。虽然取法韩愈、柳宗元，但其真性情不可掩蔽。一天，他拿着一册厚厚的书稿给我看，且说："我两人志向、学业都很相似，所以为我文章作序的，不是你又该交给谁呢？"我打开书而读，从早到晚不断为之感慨叹息。私下里想自己与畏庐先生生逢今世，五六十年以来，所闻所见，大多数都是古人未曾有过的，却独抱操守于京城尘世中，远离繁华，到老犹自辛苦，天天和儿童们混在一起，靠教书博取薪金来养活妻子儿女，心满意足而不后悔。既然如此，那么为畏庐先生文集写序的事，不交给我，又将交给谁呢？

（程徐李　撰）

图书在版编目(CIP)数据

桐城派经典古文选读:青少年版/方宁胜等编著.上海:复旦大学出版社,2024.12.--ISBN 978-7-309-17682-7

Ⅰ.I212.01

中国国家版本馆 CIP 数据核字第 20245AV605 号

桐城派经典古文选读(青少年版)

方宁胜　汪茂荣　汪文涛　程徐李　编著

出 品 人/严　峰

责任编辑/刘　月

古文诵读/林沐之　李线宜　高晓念

复旦大学出版社有限公司出版发行

上海市国权路 579 号　邮编:200433

网址:fupnet@fudanpress.com　http://www.fudanpress.com

门市零售:86-21-65102580　团体订购:86-21-65104505

出版部电话:86-21-65642845

上海丽佳制版印刷有限公司

开本 890 毫米×1240 毫米　1/32　印张 7.625　字数 146 千字

2024 年 12 月第 1 版

2024 年 12 月第 1 版第 1 次印刷

ISBN 978-7-309-17682-7/I · 1420

定价:36.00 元